KiWi
Paperback

KiWi
679

Über das Buch:
In rasanter Schnittfolge berichtet »Rosebud«, das erste in Buchform veröffentlichte Theaterstück von Christoph Schlingensief, von den deutschen Durchschnittsabgeordneten Rosmer und Kroll. Von einer zur Ödnis verkommenen Medienlandschaft frustriert, beschließen sie, sich zukünftig ihre Meldungen selbst zu machen. Sie gründen die Sonntagszeitung ZAS, die dem proklamierten Ende der Spaßgesellschaft den politischen Spaßjournalismus heutiger Parteien entgegensetzen will. Angespornt von höchst ideellen Werten wie Geld und Macht machen sie sich auf, ein Springer, ein Kirch, ein Berlusconi, kurz: ein neuer William Randolph Hearst zu werden. In einer Zeit, in der schon alles passiert und alles gedruckt worden ist, soll nun das Schlagzeilen machen, was vielleicht noch passieren könnte. Fortan wird mit Nachrichten spekuliert wie mit Aktien an der Börse.

Gleiche Absichten hat auch der karrieristische Jungjournalist Rolli Koberg. Mit Hilfe eines zum islamischen Gotteskämpfer umfunktionierten Beduinen hat er die Gattin des Bundeskanzlers entführt, um mittels exklusiver Livebilder zu Ruhm zu gelangen. Rosmer und Kroll kommen mit ihm ins Geschäft und werden fortan vom Bundeskanzler persönlich gejagt. Bei Rosmers Ehefrau Margit, einer in Zeiten der Popliteratur verlachten Ingeborg-Bachmann-Epigonin, lösen die Praktiken der ZAS jedoch traumatische Erinnerungen aus. Die ehemalige RAF-Terroristin sieht sich in die Zeit der Springer-Hatz zurückkatapultiert und bangt um die letzten Überbleibsel ihrer linken Ideale.

»Rosebud« – mal Kammerspiel, mal Melodram, mal Klamotte – erzählt von der Sehnsucht nach einer Zeit, in der Medien und Demokratie noch unabhängig voneinander existieren konnten. Von Menschen, deren Leben von den gesellschaftlichen Konflikten der Gegenwart zerbombt wird. Und von öffentlichen Personen, die ins Private flüchten.

Der Autor:
Christoph Schlingensief, geboren 1960, Filmregisseur (u. a. »Das deutsche Kettensägenmassaker«, »Terror 2000«, »Die 120 Tage von Bottrop«), seit 1993 Hausregisseur an der Volksbühne am Rosa-Luxemburg-Platz (u. a. »Kühnen 94«, »Rocky Dutschke, 68«, »Berliner Republik«), Talk- und Showmaster (»Talk 2000«, »U 3000«), Parteivorsitzender von »Chance 2000«, Aktionskünstler (zuletzt »Ausländer raus! – Bitte liebt Österreich«, Wien 2000). Jüngste Theaterinszenierung: »Hamlet – This is your family«, Zürich 2001; »Quiz 3000«, Berlin 2002 + TV.

Christoph Schlingensief

ROSEBUD

DAS ORIGINAL

Mit Vorbemerkungen von
Diedrich Diederichsen und Carl Hegemann

Kiepenheuer & Witsch

Herausgegeben von Jutta Wangemann

1. Auflage 2002

Fotos von David Baltzer/Zenit
Idee, Umschlaggestaltung: Carmen Bručić, Wien
Illustration: © Jan Wachter, Wien
Gesetzt aus der Times New Roman und der Meta
Satz: Greiner & Reichel, Köln
Druck und Bindearbeiten: Clausen & Bosse, Leck
ISBN 3-462-03101-5

Für Carmen B., die ich so liebe,
und Frank Schirrmacher,
der von seinen
Leuten verraten wurde.

INHALT

ROSEBUD – DAS ORIGINAL

Liebe Leserin, lieber Leser,
nun endlich ist es so weit. Ich freue mich, Ihnen mein erstes Theaterstück präsentieren zu können als Lese-, Motivations- und Lehrbuch für zukünftige Verleger, Pornoproduzenten und Terroristen. Vor allem aber für die, die an einer Verholzung des Penis leiden oder schon immer mal wissen wollten, was sie nicht zu fragen wagten; nämlich: Was ist das: Induratio Penis Plastica? *www.induratio.de*

Mindestens 3 Prozent aller Männer leiden unter dieser bis jetzt noch völlig unerforschten Krankheit (die Dunkelziffer ist sehr hoch), bei der sich der Penis im Extremfall bis zum Korkenzieher verbiegt. Geschlechtsverkehr ausgeschlossen! Eine Krankheit, die Angst macht und die teuflisch ist, die einem Mann von einem Tag auf den anderen das Spekulieren an der Börse verleidet oder ihn, wenn er in leitender Stellung in einem deutschen Medienunternehmen tätig ist, zum Beispiel von einem Tag auf den anderen alle Themen seiner Zeitung verändern lässt. Seit Puccinis Zeiten, der selber unter der so genannten IPP litt, hat sich bei der Erforschung dieser Krankheit nichts Bedeutendes mehr getan. Stattdessen investiert man Millionen in abgetriebene Föten oder den Transrapid. Damit muss es nun ein Ende haben!

Was soll ich noch sagen? Ich wünsche Ihnen viel Arbeit mit diesem Theaterstück. Lesen Sie, inszenieren Sie, schreiben Sie es um oder Ihren Namen darunter. Suchen Sie in diesem Buch. Im zweiten und dritten Teil werden Sie weitere Hinweise entdecken. Schatzkarten und Psalmen. Es ist der Weg zu Gott, der hier beschrieben wird. Er wohnt in Ihnen und will endlich raus! Reisen Sie mit Rosmer und seinem abgeschnittenen Penis nach Casablanca, lecken Sie die Ärsche Ihrer Feinde aus, bis Sie darin Zahngold finden und glauben Sie mir: Ich meine es gut mit Ihnen! … Nun aber geht es los und schon jetzt graut mir davor, dass dieses Buch genauso ein Erfolg wird wie meine ersten Harry Potter Bände! … Ich bin so froh, wenn Sie froh sind! … Folgen Sie mir oder folge ich Ihnen? … Das werden wir wohl niemals sicher erfahren! Sicher ist nur der Tod. Mit herzlichem Gruß,

Ihr Christoph Schlingensief!

»IM THEATER HAT DIE WAHRHEIT IHRE GRENZEN«

Wie kann man die Aktivitäten Christoph Schlingensiefs beschreiben? Vielleicht so?

»Den Eindruck, den er in seinen Anstrengungen, Identität zu behaupten, vermittelt, ist der eines ständig jonglierenden und balancierenden Artisten, eines Schauspielers, der in einem Augenblick das gesamte Geschehen auf der Bühne beherrscht und sich dann leise wieder davonstiehlt, eines geschickten Händlers, der seine Verträge mit Vorbehaltsklauseln in jeder Hinsicht absichert und dann doch alles auf eine Karte setzt, ja eines Scharlatans, der sich mit seinen vieldeutigen Äußerungen auf nichts festlegen lässt.«

Das klingt ganz passend, und wir sehen Schlingensief bei diesem Satz vor uns: charmant und verbissen, kleinkariert und großzügig, ungerecht und mitleidsvoll, enthemmt und berechnend, voller Pathos und Selbstironie, zwischen Liebe und Bosheit, Hass und Gleichgültigkeit, Ergebenheit und Stolz.

Nur ist das Zitat keine Beschreibung Schlingensiefs, sondern die Quintessenz einer Untersuchung über »Soziologische Dimensionen der Identität« aus dem Jahre 1969. Für den Autor, einen Habermasschüler mit dem Namen Lothar Krappmann, kulminiert in diesem Szenario die Identitätsarbeit, die jeder Mensch, der sich als Individuum im Alltag präsentieren muss, also jeder, zu leisten hat. Schlingensief wäre dann eine Person, bei der die Zwiespältigkeiten gewöhnlicher Identitätsbildung auf eine besonders signifikante Weise sichtbar werden. Er wäre das lebende authentische Modell für Identitätsarbeit schlechthin. Und sein Theater wäre die künstlerische Überhöhung der Anstrengung, die jeder Mensch in seinem Alltag realisieren muss, um als handlungsfähiges und selbstverantwortliches Wesen seinen Platz zu behaupten. Man fragt sich natürlich, wie eine Gesellschaft beschaffen ist, in der es solch waghalsiger Verrenkungen bedarf, um seine geistige Gesundheit zu bewahren. Und anders als Krappmann, der in diesem Verhalten so etwas wie eine ontologische Struktur zu sehen glaubte, würde ich darin eher einen ganz spezifischen Charakter der Identität sehen, wie ihn erst die historische Epoche, die wir Moderne nennen, hervorgebracht hat. Hamlet war vielleicht der Erste und neben Schlingensief auch schon einer der extremsten Vertreter dieses Modells. Und Shakespeare stellte ihn in eine Welt, in der nicht nur »etwas faul«, sondern die auch »aus den Fugen« war. Die Voraussetzung für diese Art von strukturell instabiler Identität ist eine Gesellschaft, in der die Unterscheidung von Wahrheit und Lüge, Gut und Böse zwar notwendig ist, aber nie gültig oder gar endgültig getroffen werden kann. Shakespeare war seiner Zeit voraus, als er den Hamlet schrieb, und das Stück wirkte wie die ungeheuerliche poetische Erfindung einer verkehrten Welt. Heute ist Hamlet Alltag. Wir leben in einer Hamletwelt, die von Menschen bevölkert ist, die mehrfach umgedrehten Doppelagenten gleichen, die nicht mehr wissen können, was sie glauben sollen und wo sie hingehören. Der so genannte V-Männer-Skandal ist dafür nur ein Beispiel. Im Hamlet flüchtet sich in dieser Situation die Wahrheit ins Theater: das Spiel im Spiel, das den verbrecherischen König entlarvt. Aber auch im Theater hat die Wahrheit ihre Grenzen. Der Rest ist Schweigen. Oder Krappmann. Dann doch lieber Krappmann.

Schlingensief hat 2001 den Hamlet in Zürich in genau diesem Sinne inszeniert. Nicht nur auf der Bühne im Schauspielhaus, sondern tatsächlich und mit großer Leichtigkeit auch in der ganzen Stadt. Die Inszenierung (unter Beteiligung »ausstiegswilliger Neonazis«) wird dort immer noch gezeigt. Sie hat ihm auch das Lob vieler bedeutender Theaterregisseure eingebracht. Darunter auch Robert Wilson und Peter Zadek, die Schlingensief die Initialzündung für »Rosebud« lieferten. Schlingensief hat seine Zürcher Hamleterfahrungen in diesem Theaterstück verarbeitet. Hatte er sich dort positiv und negativ auf eine alte Hamlet-Inszenierung von Gustav Gründgens bezogen, so stehen jetzt ähnlich ambivalent Wilson und Zadek Pate. Schlingensief setzt sein eigenes Stück aus Szenen, Texten und Versatzstücken zusammen, die ihn beeindruckt haben. Er versucht Elemente aus klassischen Theaterstücken, aus eigenen und fremden Filmen mit aktuellen und prominenten Gegenwartspartikeln kohärent zu kombinieren, eine Arbeitsweise, die durchaus Ähnlichkeiten mit Shakespeares Verfahren hat, häufig ganze Passagen aus fremden Stücken und Texten zu übernehmen. Dabei ist er – anders als bei seinen früheren Produktionen – ganz theaterimmanent geblieben. Das gilt auch für seine Inszenierung dieses Stücks an der Volksbühne in Berlin. Nicht das erwartete Entlarvungstheater oder Schlüsselstück über zeitgenössische Medienzaren und auch keine Aufrufe zur Ermordung führender Politiker hat Schlingensief geliefert und auch keinen Bruch des Theaterrahmens, sondern Krappmann. Damit hat er sein Markenimage verraten und die Kritikererwartungen schwer enttäuscht. Die haben ihm das (mit einigen wenigen, aber bedeutenden Ausnahmen) sehr übel genommen, ganz so wie in Heiner Müllers kleiner Berliner Kritikerparabel, in der zwei Kritiker hinter einem Fenster Schatten sehen, die sich merkwürdig bewegen, was sie zu dem Ausruf veranlasst: »So vergewaltigt man doch keine Frau!« Hinter dem Fenster wurde aber Billard gespielt. Aber auch für Schlingensief selbst ist dieses Billardspiel nur schwer erträglich, wie man seinen in diesem Buch mitveröffentlichten nachträglichen Kommentaren und Erläuterungen entnehmen kann. Das Publikum der Volksbühne aber lässt sich weder von den Kritikern noch von Schlingensief die Stimmung verderben und liebt das Stück. Es genießt die Tragödie, die Farce und freut sich über die großartigen Schauspieler und bewundert den »Autor, Dramaturgen, Regisseur und Schauspieler« Schlingensief, wenn er sich unter die Akteure mischt. Dass einige Verknüpfungen auf der Handlungsebene hanebüchen sind, dass manches ausgedacht wirkt und platt in der Argumentation, ist ja nicht seine Schuld, sondern den klassischen Vorlagen zu verdanken, derer er sich bedient hat. Das Konstruierte findet sich in den großen Werken von der Antike über Shakespeare und Ibsen bis zu Citizen Kane und Sarah Kane. Es gehört zum Theater. Schlingensiefs umstandsloser und frecher Einbau von tradierten Mechaniken in gegenwärtigste Zusammenhänge zeigt, dass sie an der Gegenwart abprallen und dass das, was wir am Theater lieben, wahrscheinlich völlig veraltet ist. Trotzdem, oder gerade deshalb, kann man bei seinem Stück eine kleine konkrete Ahnung bekommen von dem, was Rainer Maria Rilke unübertrefflich über diese Kunstform gedichtet hat (für Hans Reinhart, ca. 1920):

»Theater will der Wirklichkeit nicht gleichen,
es drängt, es wächst, es blüht darüber hin;
doch plötzlich tritt auf ein geheimes Zeichen
in das Gespielteste der ganze Sinn
von Tod und Leben vor die Herzen Vieler,
die ihn gewahren dürfen, wäre dann
Gestalt vor ihnen: ach, der kühne Spieler,
der fraulich fühlt, Kind, Dämon ist und Mann ...«

Carl Hegemann, Berlin 27.1.2002

»HÖHERES STILLHALTEN«

Als ich »Rosebud« in einer späteren Aufführung sah, hatte ich noch die diversen, vor allem enttäuschten Stimmen der Renzensionen im Ohr. Auch wenn mir später erklärt wurde, diese hätten eine gewisse Berechtigung durch eine in der Tat verunglückte Premiere gehabt, so konnte ich vor allem die allzu sicheren Interpretationen nicht verstehen, die eindeutige Plots mit einem eindeutigen, in billigen Enthüllungen und Decouvrierungen gipfelnden Telos gesehen haben wollten; im Sinne der üblichen Spießerwitze über die da oben. Was meinem Gefühl nach das Stück viel mehr als all die auch einander widersprechenden Handlungsornamente von Kanzlergattinnenmord bis Penisverholzung bestimmte, war die Enttäuschung darüber, dass in der Berliner Republik nicht einmal mehr der Verrat an den Idealen, also die Karriere, Spaß machen könne. Dass selbst das Überlaufen, das billige Sich-Arrangieren und die Lebenslüge nicht mehr möglich wären, als sozusagen negative politische Akte, weil selbst sie in einem großen transpolitischen Verständnis für einander wattig abgedämpft werden könnten. »Rosebud« spielt in einer Welt, in der die alten politischen Differenzen, die großen Gegensätze der Nachkriegszeit um so begeisterter benannt und bespielt werden, je weniger sie noch Fortsetzung in aktuellen politischen Orientierungen finden und vor allem je weniger irgendeine politische Orientierung mit der Möglichkeit einer daraus folgenden Handlung verbunden ist.

Der große konservative Zeitungsmacher ist mit einer linken Terroristin verheiratet und vereint die Gegensätze in einem großen toleranten Unternehmen, das davon lebt, die brisante Duldung dieser Gegensätze als ultimative Liberalität zu behaupten, die doch nur rückwärts gewandt in ihrer Vergangenheit wirklich Gegensätze waren. Die Gegenwart ist hingegen eine der falschen Versöhnung als Indifferenz, durch die sich ganz traditionell somnambul und unglücklich die Subjekte bewegen – wie tatsächlich in einem Stück aus dem Ende des 19. Jahrhunderts – kurz bevor auf einer norwegischen Veranda oder an einem russischen Teetisch das erste Mal jemand das Wort Klassenkampf aussprach. Ähnlich altmodisch präzise sind die Bewegungen dieser sich selbst unklaren Bewusstseinsträger von

»Rosebud« über die Bühne und durch das Bühnenbild. Gesetzt und fast gezirkelt vollziehen sie ihre Schritte. Die zu Beginn eigentlich zusammenhangslos vorüberziehende Robert-Wilson-Parodie als Modell leerer Brillanz kehrt wieder in der Dichte und Genauigkeit, mit der Abläufe ablaufen und Schauspieler schauspielern und alte Formen wie auch ein paar Mal Schlingensief-Klassiker abrufen. Doch gibt es nichts zu transzendieren oder zu ridikülisieren; auch dem Theater und seinem Macher, als der sich der mitspielende Autor und Regisseur zuweilen zu erkennen gibt, bleibt nichts anderes übrig, als sich über die Wechselfälle seiner Karriere larmoyant zu beschweren und darauf zu bestehen, dass er für seine FAZ-Kolumnen wenigstens besser bezahlt worden sei als die anderen.

Niemand weiß mehr. Niemand weiß mehr in diesem Stück als ein Adorno ex machina aus den 60ern. Der konnte wenigstens noch als brillante Rampensau einer Ansammlung von Intellektuellen im Fernsehen Schau und Atem stehlen und Beckett – den avanciertesten Stand der Ratlosigkeit seiner Zeit – interpretieren; also produktiv machen. Nichts als dessen nihil relativum scheint auch in der postpolitischen Japanophilie und Architekturbegeisterung der Berliner Republik erkennbar. Ihre Foren simulieren nur noch Konfrontationen, denen längst keine Realität mehr entspricht und ihre Entscheidungen betreffen symbolische Akte, über die sich die wirtschaftliche Realität nicht einmal mehr hinwegsetzen muss, sie erreichen sie gar nicht. Dass man auf diese Einschätzung der Lage nicht mehr mit Gesten aus der Tradition der Transgression reagieren kann, sondern nur durch eine Art höheres Stillhalten, ein leicht zittriges Festhalten an komischen Konventionen war der große Eindruck dieses Abends. Ob er so gemeint war, weiß ich nicht. Aber dass auch sonst alle darauf warten, dass die realen Widersprüche wieder Namen erhalten, die Bezugnahmen ermöglichen, erscheint mir offensichtlich. Einstweilen misslingt den alten Konflikten nur deswegen das Sterben, weil sie so schön tröstlich als Tagesdecke über den neuen liegen.

Diedrich Diederichsen, Berlin im Februar 2002

ROSEBUD – DAS ORIGINAL

Originalprotokoll der Uraufführung am 21.12.2001
an der Volksbühne am Rosa-Luxemburg-Platz
Regie: Christoph Schlingensief
Mit zahlreichen Erläuterungen des Autors

FIGUREN

Peter Rosmer, Verleger, Ex-MdB	**VOLKER SPENGLER**
Margit, seine Frau, Ex-Terroristin	**SOPHIE ROIS**
Susi, Adoptivtochter	**SACHIKO HARA-FRANKE**
Gernot, Sohn, Pornoproduzent	**MARC HOSEMANN**
Dr. Guido Kroll, MdB	**MARTIN WUTTKE**
Gerhard, Kanzler	**BERNHARD SCHÜTZ**
Doris, Kanzlergattin	**MARGARITA BROICH**
Rolli Koberg, ehemaliger Journalist, jetzt Autor, Dramaturg, Liebhaber und Theaterkritiker	**FABIAN HINRICHS (ROLAND KOBERG CHRISTOPH SCHLINGENSIEF)**
Isidor, Staatssekretär	**GÜNTER SCHANZMANN**
Heisenberg	**WERNER BRECHT**

Bauarbeiter, Plünderer, japanische Trachtengruppe, Polizisten, GSG-9-Einheit

Peter Rosmer. **VOLKER SPENGLER**

Margit. **SOPHIE ROIS**

Susi und Gernot. **SACHIKO HARA-FRANKE UND MARC HOSEMANN**

Dr.Guido Kroll. **MARTIN WUTTKE**

Gerhard. **BERNHARD SCHÜTZ**

Doris. **MARGARITA BROICH**

Rolli Koberg. **FABIAN HINRICHS**

ROLLI KOBERG

Rolli Koberg. **CHRISTOPH SCHLINGENSIEF**

Isidor. **GÜNTER SCHANZMANN**

Heisenberg. **WERNER BRECHT**

PROLOG

Das Licht im Zuschauerraum ist aus, der Vorhang geschlossen. Gernot, Sohn des zukünftigen Verlegers Peter Rosmer, tritt, gefolgt von Heisenberg, Begründer der Quantenmechanik und der nach ihm benannten Unschärferelation, von hinten durch den Vorhang an die Rampe.

GERNOT Heisenberg, hören Sie: In diesem Stück finden wir Menschen, denen das – ich würde sagen: denen das Sterben misslungen ist. Und das ist nun das Höchstseltsame dieser Konzeption, dass die Utopie eigentlich der Tod ist. Also das, wonach das Streben geht, ist der Tod, ist das Aus. Nun, Sie haben das mit dem Buddhismus verglichen, und die Beziehung zur Schopenhauer'schen Philosophie scheint ja sehr einleuchtend. Ich glaube aber trotzdem, wenn man sehr nuanciert dem nachgeht, dann ist es so etwas – ja man könnte sagen: wie der Versuch eines positiven Nichts. Eines »nihil relativum«, also eines Nichts, das nur als Negation von etwas, was ist, überhaupt gefasst werden kann. Und diese Extrapolation des Nichts ist das, was ihm eigentlich dabei vorschwebt, Heisenberg. *Pause.* Heisenberg, könnte es sein, dass Sie und ich ein und dieselbe Person sind?

HEISENBERG Ich denke schon.

GERNOT Kommen Sie, Heisenberg, es gibt noch viel zu tun.

Beide drehen sich um und verschwinden wieder hinter dem Vorhang.

Baustellenlärm: LKW- und Baggergeräusche, Bohren eines Presslufthammers.

KANZLER *brüllt hinter dem Vorhang* Hier spricht der Kommissar. Hier spricht der Kommissar. Das Gebäude ist umstellt. Kommen Sie mit erhobenen Armen heraus. Widerstand ist zwecklos. Regatta, Regatta, Regatta, Regatta. Von Miami nach Teupitz. Von Miami nach Teupitz …

BILD 1: **DIE 4. GENERATION – RÄUMEN – KAUFEN – UMPOLIEREN GEBURT DES TERRORS AUS DEM GEISTE DER MUSIK**

Musik: Tom Waits, »In the Colosseum«. Der Vorhang geht auf. Man sieht einen verkommenen Doppelgeschossbau. Überall Bauplanen. Davor ein lehmiger Baustellengarten. Schattenspiel: In den Zimmern des Hauses brennt Licht. Quer- und Längsstreben zeichnen sich ab. Ein Polizist in hohen Stiefeln steigt die Treppe in das Obergeschoss hinauf. Bauarbeiter, Polizisten, Plünderer treten auf. Ihre Kostüme sind stark stilisiert. Sie machen geometrische Bewegungen im Rhythmus der Musik. ***Robert Wilsons Designervergnügen »Woyzeck« lässt grüßen.***
Von rechts kommt die Kanzlergattin in einem grünen Polizistenkostüm. Von links kreiselt Margit in einem rotem Kleid herein. Sie trägt einen riesigen Schlüsselbund.

MARGIT *spricht in ein Minimegaphon* Rrraus damit! Rrraus damit! Aus meinen Augen! Schafft sie aus meinen Augen! Das Maß ist voll! Alles getan! Jeder Wunsch erfüllt! Verstehe nicht, was Sie sich vorstellen. Ich habe doch alles für Sie getan. Sie sind undankbar. Sie sind so unverschämt undankbar. Sie sind alt. Aber das hier wird neu. Das ist was Neues. Das ist was verdammt Neues. Ich hab doch alles für Sie getan. Und einen Platz im Heim haben Sie auch. Da wär ich aber froh, wenn ich so einen Platz hätte. Da wär ich aber dankbar. Da würde ich Gott dafür danken, dass da jemand so viel Gutes getan hat. Für mich! Oh, Danke! Oh, Danke!

Bewegung im Haus. Der Polizist führt eine alte Frau mit Kopftuch die Treppe hinunter. Sie wehrt sich und schreit. Noch ahnt man nicht, dass es sich hier um Staatssekretär Isidor und den späteren Verleger Peter

Rosmer handelt. Von links tritt der liberale Politiker Kroll auf, wie Woyzeck mit bloßem Oberkörper, in weißer Hose. Wie ein abstrakter Langstreckenläufer rennt er durch die Lehmwüste in die Bühnenmitte.

KROLL *ruft, auf der Stelle weiterlaufend, in sein Mikroport* ***so Oracle-Chef Larry Ellison in einem Interview im Stern 27/2001*** Ich finde nicht, dass meine Hobbys so gefährlich sind. Ich habe mir nur einmal richtig wehgetan, beim Surfen auf Hawaii, mitten in einem Sturm. Das war dumm von mir. Da habe ich mir den Nackenwirbel gebrochen. Das war ziemlich heftig. Ich werde mich jetzt auf den America's Cup verlegen, der ist viel sicherer. Nach einem kultivierten Regattatag geht man abends aus, isst ein paar Nudeln, trinkt einen Wein – das ist perfekt! PERFEKT! PERFEKT! PERFEKT! *rennt weiter, zieht eine Pistole und schießt dreimal in die Luft.*

Zwei gleichgeschminkte »Zwillinge« in blauen Kostümen trippeln von links über die Bühne, Seite an Seite, Schrittchen für Schrittchen. Es sind Gernot und Susi, Tochter und Sohn des Verlegers.

GERNOT/SUSI *rufen* Das Leben ist kein Probelauf! Das Leben ist kein Probelauf!

Von rechts rennt der Kanzler im Kommissarkostüm schräg ins Bild.

KANZLER *schreit in ein Megaphon* Hier spricht der Kommissar. Hier spricht der Kommissar. Regatta, Regatta, Regatta, Regatta. Von Miami nach Teupitz. Von Miami nach Teupitz. Warum tretet ihr überhaupt gegen uns an? Ihr habt doch keine Chance! Hier spricht der Kommissar. Das ist ein Riesenspaß. Das ist ein Riesenspaß.

Der Polizist führt die alte Frau aus dem Haus nach vorne an die Rampe.

ROSMER Hilfe! Hilfe! Mein Haus! Hunger!

Beide versuchen eckige Bewegungen. Isidor stößt Rosmer zu Boden und geht nach hinten ab. Ein riesiger Papppfeil kommt von der Decke und schwingt zur Musik hin und her. Hinten ruckeln die Zwillinge von rechts nach links durchs Bild. Kroll rennt von links auf Rosmer zu. Er hält ein stilisiertes Messer in der Hand, das er über Rosmer auf- und abbewegt. Auch der Kanzler und ein Plünderer kommen mit Messern und stechen auf Rosmer ein. Lichtkegel auf Rosmer am Boden. Die drei verharren in dämlicher Drehbewegung und halten ihre gespreizten Finger in den Lichtkegel. Starre. Anspannung. Dann wieder die alten Rennläuferbewegungen.

KROLL PERFEKT! PERFEKT! PERFEKT! *ab*

Rosmer krabbelt auf allen Vieren nach rechts ab. Der Kanzler dreht sich in der Bühnenmitte im Kreis.

KANZLER *schreit ins Megaphon* Hier spricht der Kommissar. Hier spricht der Kommissar. Regatta, Regatta, Regatta, Regatta. PERFEKT! PERFEKT! PERFEKT!

Von rechts kommt ein Plünderer in schwarzem Umhang angerannt. Es ist der ehemalige Journalist, Autor, Dramaturg, Theaterkritiker und Liebhaber Rolli Koberg. Von links kommen zwei gelbe Bauarbeiter vorbei, von rechts zwei schwarze Plünderer. Von links wieder die blauen »Zwillinge«. Gernot bewegt sich wie ein Rennläufer nach vorne an die Rampe und zurück.

GERNOT *ruft* Böhme Bau will durch Fusion mit Dywidag schneller wachsen. Böhme Bau will durch Fusion mit Dywidag schneller wachsen. Böhme Bau will durch Fusion mit Dywidag schneller wachsen.

Der Pfeil tanzt weiter. Hinten laufen die Kanzlergattin in grüner Kleidung und der Kanzler und Isidor hin und her. Plünderer und Bauarbeiter tragen roboterhaft von links und rechts einen Tisch und vier Stühle auf die Vorderbühne.

Der Vorhang schließt sich. Eine Passagiermaschine donnert über die Köpfe der Zuschauer hinweg. Musik aus.

Tosender Applaus des begeisterten Premierenpublikums, das sich über die von ihm geforderte Einheit von Wiedererkennung, Affirmation, Zertrümmerung und berlinrepublikanischer Besserwisserei freut. Noch sind alle Kritiker dabei und denken, dass es sich hier endlich wieder um Provokation im provokationsunfähigen Theaterraum handelt. Andreas Kilb (»FAZ«) lacht. Rüdiger Schaper (»Der Tagesspiegel«) klatscht. Der »Junge Welt«-Redakteur nickt genüsslich.

BILD 2: **IBSEN IM REICHSTAG**

Die Szene ist angelehnt an Zadeks »Rosmersholm«-Inszenierung, Premiere am 02.12.2000 im Akademietheater, Inszenierung des Jahres 2001 in »Theater heute« durch die sich selbst genügende Lüge, so lange zu lügen, bis man die Lüge endlich glaubt. Das ist große Regie! Lange Passagen des Textes wurden aus der »Rosmersholm«-Bearbeitung von Elisabeth Plessen übernommen und zum Teil verändert. Im Original von Ibsen will Kroll den ehemaligen Gemeindepastor Rosmer für eine neue Zeitung gewinnen, doch dieser lehnt ab. Hier aber lässt Rosmer sich überreden, eine neue Sonntagszeitung herauszugeben.

Vor dem geschlossenen Vorhang in der Mitte ein Tisch mit zwei Stühlen. Mit etwas Abstand rechts davon zwei weitere Stühle, einer an der Rampe, der andere vor dem Vorhang. Links an der Wand ein Schränkchen. Straßenlärm wie durch ein offenes Fenster.

Margit, die Frau des zukünftigen Verlegers Rosmer, spielt sich wie Angela Winklers Rebekka West. Sie tritt mit Topfpflanze im Arm aus der rechten Gasse auf, zögert kurz, streicht sich eine Haarsträhne aus dem Gesicht, stellt die Pflanze links vorne an die Rampe und geht wieder ab. Kurz darauf erscheint sie wieder, diesmal mit einem Tablett, und verteilt laut klappernd Kanne, Teller und Tassen auf dem Tisch. Plötzlich unterbricht sie die Arbeit, setzt sich auf die rechte Kante des Tisches. Eben will sie wieder abgehen, da tritt der liberale Politiker Kroll aus dem Vorhang. Er imitiert Peter Fitz und trägt Mantel und Hut. ***ACHTUNG: Imitation mit vollem Ernst! Keine Parodie! Mir geht es hier wirklich um die Imitation, um andere Regiearbeiten als Referenz besser verstehen zu können.*** *Margit schrickt zusammen, wendet sich ihm zu und senkt etwas beschämt den Blick. Kroll ist ebenfalls überrascht und nimmt schnell den Hut ab.*

MARGIT Na endlich – Dr. Kroll! Wie schön, Sie zu sehen.

Margit geht auf Kroll zu und streckt ihm beide Hände zur Begrüßung entgegen. Kroll drückt ihre Hände und küsst sie andächtig.

KROLL Liebe, gnädige Frau! Hoffentlich störe ich nicht.

MARGIT Sie? Ach, Unsinn!

KROLL *sieht sich um* Charmant wie immer. Wie hübsch Sie dieses triste Zimmer hergerichtet haben! Überall Blumen.

MARGIT Ja. Sie sind beruhigend.

Rosmer tritt auf, bleibt kurz stehen und versucht, sein Erstaunen zu verbergen. Er versucht Gerd Voss zu imitieren ... ***der in Pedro Zadeckis »Rosmersholm« den Rosmer gespielt hat. Volker Spengler, der zwei Tage vor der Premiere einen Bandscheibenvorfall hatte, konnte die deshalb um zwei Tage verschobene Premiere nur unter Einsatz von starken Barbituraten spielen, was seine Spielweise stark veränderte und ihn noch näher an den von Gerd Voss gespielten Rosmer brachte, was aber nicht heißen soll, dass Gerd Voss wie unter starken Betäubungsmitteln spielt.***

ROSMER Kroll, endlich! Willkommen!

Kroll geht betont herzlich auf den alten Freund zu. Sie umarmen einander staatsmännisch.

ROSMER Lieber Kroll, alter Freund, ich wusste, wir würden uns wieder verstehen.

KROLL Rosmer, lieber Rosmer! Entschuldige, ich komme gerade aus dem Reichstag. Diese Stimmenverhältnisse – entsetzlich!

Margit nimmt Rosmer den Mantel ab, hängt ihn an einen Kleiderhaken und verschwindet in der rechten Gasse. Rosmer trägt einen dicken Strickpulli, den Margit ihm gestrickt hat. Er nimmt einen Stuhl, stellt ihn an den Tisch und setzt sich.

KROLL Ja, mein lieber Junge! Hast du nicht auch die absurde Idee gehabt, dass irgendetwas nicht stimmte?

MARGIT Es war nur eine absurde Idee.

ROSMER Wirklich, Kroll? Setzen wir uns – aufs Sofa. Kroll, ich habe deine Talkshowauftritte immer sehr geschätzt. Die ganzen Jahre, die ich dich nun von der Glotze her kenne. Du bist größer, als ich dachte.

Kroll setzt sich zu Rosmer an den Tisch. Margit kommt mit Strickzeug wieder, setzt sich auf den Stuhl an der Rampe und strickt. Kroll und Margit tauschen verstohlen Blicke.

KROLL Ja, und ich bin stolz darauf.

MARGIT *unvermittelt zu Rosmer* Es muss beruhigend sein, einen alten Freund zu haben, mit dem man …

KROLL *räuspert sich* Wie du sicher weißt, bin ich aktiver Politiker geworden. Ich konnte nicht anders, es kam auf mich zu. Wie eine große, schwarze Kugel, der ich nicht ausweichen konnte. Trotz meines Widerwillens: Rosmer! *nimmt die Teekanne* Ich bin erwacht! *schenkt sich Tee ein* Man kann nicht einfach zuschauen. *nimmt eine Tasse* Jetzt *rührt laut in der Tasse* sind die Linken bedauerlicherweise an die Macht gekommen, *steht auf, geht auf Margit zu* und es ist höchste Zeit. Da habe ich unseren kleinen Freundeskreis in der Stadt überredet, sich noch *schlürft geräuschvoll den Tee* enger zusammenzuschließen. Es ist höchste Zeit, sage ich.

MARGIT *mit einem leichten Lächeln* Nicht schon ein bisschen spät?

Kroll setzt sich wieder.

KROLL Ja, ich gebe zu, es wäre besser gewesen, wenn wir den Strom früher aufgehalten hätten. Aber wer konnte das voraussehen? Ich auf jeden Fall nicht. *schlägt den Löffel an der Tasse ab* Jetzt sind mir die Augen geöffnet. Kannst du dir vorstellen – der Geist der Anarchie hat sich sogar in die Schule eingeschlichen!

ROSMER In deine Schule?

Rosmer holt Pfeife und Tabak aus seinem Mantel.

KROLL Ja, in meine Schule. Wie findest du das? *leiser* Aber das Schlimmste kommt noch. *sieht sich um* Hier hört doch niemand zu?

MARGIT *müde* Nein, natürlich nicht.

KROLL *erhebt sich, geht auf Margit zu* Ihr werdet es nicht glauben, dieser … *hebt ein Wollknäuel auf, das aus Margits Schoß gefallen ist, wickelt sorgsam den Faden auf* Missklang und diese Subversion sind bis in mein eigenes Haus gedrungen. In die Ruhe und den Frieden meines eigenen Hauses. Und haben die Harmonie meines Familienlebens zerstört.

Rosmer setzt sich wieder an den Tisch und zündet seine Pfeife an.

ROSMER In dein eigenes Haus?

MARGIT Um Gottes Willen, was ist denn passiert?

KROLL Stellt euch das vor … *gibt Margit das Wollknäuel zurück* meine eigenen Kinder! *rotzt* Naja, um es kurz zu machen: Lauritz ist der Anführer des Komplotts und Hilda hat eine rote Mappe gestickt, um das »Leuchtfeuer« darin zu verstecken.

ROSMER Rote Mappe? *erhebt sich, geht zum Wandschränkchen, nimmt eine Pistole heraus und versteckt sie hinter seinem Rücken*

MARGIT Das »Leuchtfeuer« …

KROLL Dieses Schundblatt – eine vorzügliche geistige Nahrung für die zukünftigen Führer unseres Landes.

ROSMER Das hätte ich mir nicht träumen lassen – in deinem eigenen Haus!

KROLL *aufgebracht* Wer hätte sich das schon träumen lassen? In meinem eigenen Haus, wo immer *kurze Pause* Gehorsam und Ordnung herrschten, wo alle Stimmen *kurze Pause* unisono gesprochen haben! *geht zu Rosmer ans Schränkchen* Diese dekadenten, invasiven, demoralisierenden Theorien – muss ich die nicht mit allen Waffen bekämpfen, die ich zur Verfügung habe? Ja, Rosmer, das habe ich vor. Nicht nur mit der Zunge, auch mit meiner Feder.

Margit steht auf. Ihr Strickzeug fällt zu Boden. Sie schenkt sich Tee ein, tunkt Kekse ein und mümmelt an ihnen herum.

ROSMER Glaubst du, dass du damit *zeigt ihm die Pistole* etwas erreichst?

KROLL *nimmt die Waffe* Natürlich erreiche ich damit etwas! Ich halte es für die Pflicht jedes rechtsdenkenden, patriotischen Berliners, das Gleiche zu tun. Übrigens ist das der Hauptgrund, warum ich heute hier bin. Rosmer! *gibt Rosmer die Pistole zurück* Fast alle unsere Werte sind auf den Kopf gestellt. Es wird ein harter Kampf, diese dekadenten Theorien wieder auszumerzen. Warte, bis du die Ansichten dieser Linken selbst gehört hast.

ROSMER Es fällt mir schwer zu verstehen. Ich habe die ganze Nacht nicht geschlafen. Wir hatten Übung. *geht zum Tisch zurück*

Margit tritt an das rechte Portal, als wolle sie abgehen, bleibt aber stehen und horcht.

KROLL *kommt hinter Rosmer her* Übung? Was für eine Übung?

MARGIT Aktion Muttertag.

ROSMER Eine Übung meiner Frau. *setzt sich*

KROLL Ach, papperlapapp! Rosmer! *setzt sich; dringlich* Du musst dich zu unserer Sache bekennen! Du musst dich zu deinen alten Freunden bekennen! Uns deine Kraft schenken, so gut du kannst! Deinen alten Freunden helfen!

ROSMER Aber Dutschke, Tamara Bunke, Antje Vollmer und Ingeborg Bachmann sind tot! Ihre Gedanken leben in mir weiter. Sie quälen mich. Nacht für Nacht. *in Richtung Margit* Meine Frau an allervorderster Front!

KROLL Siehst du? Auch du begreifst, was in unserem Land los ist.

Margit stellt sich rasch hinter Rosmer und legt ihre Hände liebevoll auf seine Schultern.

MARGIT *an Kroll* Warum gründen Sie und Ihre Freunde nicht eine eigene Zeitung?

KROLL *erhebt sich, geht mit Teetasse an die Rampe, rührt laut darin herum; lehrerhaft* Gut, dass du das fragst, Rosmer. *schlürft* Ich sehe, du denkst mit.

ROSMER Ich?

MARGIT *wiederholt* Warum gründen Sie und Ihre Freunde nicht eine eigene Zeitung?

Rosmer übergibt Margit heimlich die Pistole. Sie bringt sie diskret zum Schränkchen zurück.

KROLL *stellt entschlossen die Tasse auf den Tisch* Genau das tun wir! Wir wollen unser Hauptblatt umbauen. Sozusagen ein Zentralorgan schaffen. Locker im Anblick, aber zupackend, innovativ, gefährlich hinter der Fassade. Das Finanzielle ist kein Problem. Aber das Redaktionelle …

Margit knallt die Tür des Schränkchens zu.

KROLL *schrickt zusammen; eindringlich* Rosmer, du musst uns helfen!

ROSMER *blickt zwischen Margit und Kroll hin und her* Ich. Und du? Warum machst du es nicht selbst?

KROLL Ich schaffe es nicht alleine! *springt auf, geht dicht an Rosmer heran* Aber mit dir, Rosmer! Mit dir zusammen!

ROSMER *laut und trotzig* Ich kann das nicht, Kroll. Ich bin nicht der Richtige.

KROLL *setzt sich; aufgebracht* Das hast du auch gesagt, als dir dein Vater das Pfarramt …

Rosmer steht auf, geht zum Wandschränkchen und öffnet es.

KROLL *weitersprechend* verschaffte, als du gegen die SED-Diktatur gekämpft hast! Als du 89/90 Bündnis 89/90, 89/90 die 89/90 Grünen mitgegründet hast! Dann der Weg in den Reichstag! Du hast sie alle fertig gemacht: De Maizière, Krause, Bärbel Boley – alle! *geht stürmisch zu Rosmer und umarmt ihn liebevoll* Wenn du als Herausgeber nur genauso gut bist, wie du als Mann Gottes warst, sind wir schon zufrieden.

ROSMER *nachdenklich* Mehr nicht? Nur als Kämpfer Gottes? Ein gottesgleicher Verleger?

Margit kommt dazu und umarmt die beiden von hinten.

KROLL Kämpfer für Gott und Kämpfer im Krieg. Angesehener Diener deines Vaterlandes. Ein Ehrenmann, der seine Pflicht kennt.

Rosmer wird das Ganze unangenehm. Er stößt Kroll von sich, sodass dieser plötzlich peinlich dicht bei Margit steht.

ROSMER *geht unschlüssig an der Rampe entlang* Aber vergiss meine Frau nicht! Sie ist Schriftstellerin. Denke bitte an Margit! Margit! Du hast sicher gehört, wie sie denkt, wie sie handelt, welch schweres Los sie zu tragen hat, seit Ingeborg Bachmann im Bett gestorben ist.

Margit verschwindet schnell, um weitere Topfpflanzen zu holen.

KROLL Bachmann?

ROSMER Im Bett! Im Bett!

KROLL Und warum?

ROSMER *bei sich* Feuer, Zigaretten, persönlicher Terror. Ein ganz persönliches kleines Oberstübchen-KZ hat sie sich da aufgebaut. *zu Kroll* Sie arbeitet gerade an einem Buch über ihre Zeit als Terroristin. Baader, Ensslin, Raspe. Ihr größter Wunsch wäre es, dorthin zurückzukehren.

KROLL Aber, Rosmer! *nimmt die Brille ab* ***wie der große, selbstgefällige Erich Böhme aus dem grünen Salon der Volksbühne am Rosa-Luxemburg-Platz, der dem Autor fast so lieb ist wie der große Showman Michel Friedmann mit seinen kritischen Fragen in einer kritiklosen Zeit*** *und deutet damit auf Rosmer* Das ist doch genial! Rosmer! Das ist genial! *kommt an die Rampe, spricht engagiert nach vorne und zu Rosmer, indem er mit der Brille gestikuliert* Die Zeit deiner Frau als Terroristin zeigt doch, dass der ganze radikale Bullshit eine Sackgasse ist. Sie hat den Terrorismus in sich besiegt. *dreht sich zu Rosmer, plötzlich kleinlaut* Hat sie doch? Oder ist sie auf Tabletten?

ROSMER *laut* Ja, schon, aber ich identifiziere mich nicht mehr mit Margits Ansichten.

Margit kommt mit zwei Topfpflanzen zurück, ficht kurz mit sich die schwierige Entscheidung aus, wohin damit, positioniert sie dann zentral an der Rampe und geht schnell wieder ab.

ROSMER *ins Publikum, mit wachsendem Fanatismus* Ich will Menschen von allen Seiten zusammenbringen. So viele und so intensiv wie möglich. Ich will mein Leben und meine Kraft für dieses eine Ziel einsetzen. Ich will, dass unsere Zeitung größer, schöner und mächtiger wird, als alle Zeitungen, die es jemals gegeben hat! *entwirft mit ausladenden Gesten:* DIE ZEITUNG AM SONNTAG! ZAS! ZAS-BÖRSENTELEFON! ZAS-TV! ZAS-RADIO! ZAS-KALENDER! ZAS-RÄTSELECKE! ZAS-HOROSKOP! ZAS-JOURNALISTISCHE MITARBEITER! ZAS, ZAS, ZAS! *in bacchantischem Rhythmus* O ZAS! O ZAS! O Zassassassass! O ZAS! O ZAS! O Zassassassass …

KROLL *bremst ihn; beeindruckt* Ja, Rosmer, du hast mich überzeugt. Die Zeitung entsteht in deinem Haus. Das ist doch kein Problem. Wir bauen es einfach um. *nun seinerseits entwerfend, ins Publikum* Es soll schöner und größer werden als jemals zuvor. Ich sehe es schon vor mir: eine japanische Villa. Symbol für Schlichtheit und Durchsetzungsvermögen. Eine Dynastie! Ein Palast! Davor ein Garten. Der Garten der Erkenntnis. Der Garten der Besinnung.

ROSMER *belebt* Ja, Kroll! In meinem Geist ist ein neuer Frühling erwacht! Eine neue Jugend, eine neue Denkart! Wir verbinden uns mit den Kräften des Bösen, die unser unglückliches Land zerstören wollen und unterwandern sie, um sie dann mit ihren eigenen Waffen zu vernichten. *ballt die Fäuste* Lass sie uns mit ihren eigenen Waffen schlagen! *rennt schnell zur Garderobe, zieht Mantel und Hut an*

KROLL Ja, Rosmer! *ins Publikum* Lass uns keine Zeit verlieren! Die Interessen des Verlages können nicht die Interessen der Linken sein! Lass uns ein Imperium errichten auf dem Fundament deiner Frau!

Chinagong. Laut quäkende Asia-Musik: »Ein Schiff wird kommen« in der Version von Hò! Roady Music from Vietnam 2000, Trikont.

Rosmer und Kroll besiegeln ihren Plan mit Handschlag. Der Vorhang öffnet sich.

BILD 3: DIE ZEITUNG AM SONNTAG – ICH BIN EIN ANARCHIST, MADAME

Hinter der Bühne eifriges Treiben: Angeblich hat ein Redakteur der Frankfurter Allgemeinen Sonntagszeitung versucht, auf die Bühne zu kommen. In der Tonabteilung ist ein Mann aufgetaucht und zieht einige Kabel heraus. Tonmeister Wolfgang kann ihn überwältigen.

Beschreibung des computergesteuerten Bühnenbilds von Jo Schramm: *Aus der doppelgeschossigen Schrottbude ist inzwischen ein japanischer »Palast« geworden.* ***Modernste Bühnentechnik Deutschlands auf der immer noch größten Drehbühne Europas*** *Japanischer Garten im Vordergrund. Eine kleine Brücke führt über einen Graben. Steine, Steine, Steine. Das Gebäude wirkt ein bisschen wie das House of Usher. Japan meets Addams Family. Japan trifft DDR. Auf dem Dach eine Leuchtreklame, die aber noch von einem Tuch verdeckt ist. Links die Küche mit Ceranfeld, separat erhitzbarer Kochfläche, Klapptür und Metallsideboard. In der Mitte ein geheimnisvoller Mittelraum, nicht einsehbar* ***für die Zuschauer äußerst bedrohlich – Was ist da los in diesem Raum? Warum verschwinden Darsteller in diesem Raum und tauchen nie wieder auf? Sitzt dort ein Kameramann und filmt, obwohl man außen keine Videoaufnahmen sehen kann? Warum verweigert Schlingensief die für modernes Theater so absolut notwendige Videoübertragung?*** *Rechts das Wohnzimmer mit TV-Anlage und Videorecorder, Hirschgeweihen* ***Reminiszenz an Elfriede Jelinek****, Sofa, Tisch* ***und einigen Mitarbeitern aus Requisite und Kostüm, die während der Premiere so intensiv in ihre Arbeit vertieft sind, dass sie in die laufende Szene rennen und dort ehrfurchtsvoll in die Hocke gehen****. Darüber, im ersten Stock rechts, das Schlafzimmer mit Ingeborg-Bachmann-Sprachsynthesizer, Lichtorgel und Trainingsgeräten für Bizeps, Penis, Vagina und Anus. Auch hier in der Mitte ein Gang –* ***allerdings ohne unsichtbaren Raum, was noch beunruhigender wirkt und die Wirkung des unteren Mittelraums extrem verstärkt! Mehrere Zuschauer verlassen an dieser Stelle die Premiere, müssen aber, nachdem sie bemerkt haben, dass die Außentüren verschlossen sind, zurückkehren****. Oben links ein Arbeitsraum mit Originalmöbeln aus der Schlingensief & Braun-Wohnung.* ***An dieser Stelle kritisiert Andreas Kilb von der FAZ, dass das Bühnenbild zu hoch sei. Howard Hawks hätte die Kamera immer in Augenhöhe gehabt. Kilb vergisst, dass Theater und Film nichts, aber auch rein gar nichts gemeinsam haben, auch wenn deutsche Filme das immer noch behaupten.***

Im Garten freundliches, folkloristisches Treiben: Staatssekretär Isidor hüpft mit zwei roten Fähnchen winkend über die Bühne. ***Zitiert aus:***

Redaktionseröffnung »Junge Welt«. *Frauen in Geishakostümen schwenken bunte Tücher.* ***Zitiert aus: Abschiedsveranstaltung für Jens Jessen, »Berliner Zeitung«.*** *Kabukitheaterleute tragen Schiffchen um die Hüften und spielen Seefahrer oder machen Wellenbewegungen mit einem blauen Tuch.* ***Frei erfunden!*** *Ein chinesischer Drache wird vorbeigetragen. Susi, die japanische Adoptivtochter der Rosmers* ***die ursprünglich von Kathi Angerer gespielt werden sollte*** *geht mit einem Tablett herum und bietet Begrüßungssekt an. Ein schweres Eisentor wird von rechts hereingefahren.* ***Einfall übernommen aus »Generation DDR«.*** *Alles etwas schäbig, aber auch heiter. Rosmer und Kroll treten durch das Tor. Susi bringt den beiden Sekt. Rosmer und Kroll plaudern mit ihren Gästen* ***Rüdiger Schaper, Peter Laudenbach, Peter Wengerikt, Siegrid Löffler – Schleef-Zitat: »Die Preisverweigerung«****, stoßen an. Auch der Kanzler und seine Gattin erscheinen. Kroll stürzt aufgekratzt auf beide zu, begrüßt sie und bittet sie ins Haus. Rosmer verschwindet im Zwischenraum.*

Musik: Peer Raben, Filmmusik »Die Sehnsucht der Veronika Voss«. ***Hommage an Fassbinder*** *Die Bühne dunkelt ein.*

Während die Gäste über die Treppe hinaufsteigen, räumt die japanische Trachtengruppe Tisch und Stühle von der Vorbühne. ***Auch hier ein gravierender Unterschied zwischen Film und Theater: Im Film würde man die Dinge einfach reinschneiden. Auf der Bühne muss man sich immer fragen: Wo kommt das Arschloch her? Wo geht das Arschloch hin?*** *Isidor hat ein Mikrophon auf dem Balkon installiert, eine Topfpflanze arrangiert und prüft nochmal, ob alles richtig verkabelt ist. Kroll positioniert sich mit dem Kanzler und seiner Gattin auf dem Balkon, Rosmer kommt aus dem Schlafzimmer dazu.* ***Er trägt die Bilder von Frank Schirrmacher, Leo Kirch, Rudi Dutschke und Harald Schmidt in der rechten äußeren Westentasche – für die Zuschauer bis zum Schluss des Abends nicht sichtbar!*** *Sie lächeln ins Publikum. Ein schönes Gruppenbild. Kroll tritt ans Mikrophon. Er hat eine kleine Ansprache vorbereitet.*

KROLL Ja. *reibt sich die Hände* ***Originalrede einer Redaktionseröffnung – Quelle will nicht genannt werden.*** Meine lieben Freunde, liebe Redakteure, liebe Vorsitzende der jüdischen Gemeinden, sehr geehrter Herr Bundespräsident, liebe Doris, lieber Gerhard.

Die Kanzlergattin winkt der Menge zu.

KROLL Eine kleine Vorführung mit japanischen und chinesischen Elementen. Völkerfreundschaft und Weltoffenheit im Sinne der Hauptstadt. Nun ist es so weit. Ich freue mich. Ich freue mich sehr. Hier in Rosmers Haus, bei Peter und seiner lieben Frau Margit …

Die Haustür wird von innen aufgestoßen. Margit erscheint leicht verstört mit Topfpflanze, stellt sie umständlich an die Rampe und huscht wieder zurück. Gernot und Heisenberg spazieren einmal ums Haus. Sie sind in ein philosophisches Gespräch vertieft. ***So interessante Situationen entdeckt man fast jeden Tag in Berlin.***

GERNOT … Drittens, Heisenberg: Ich greife nie Personen an – ich bediene mich der Person nur wie eines starken Vergrößerungsglases, mit dem man einen allgemeinen, aber schleichenden, wenig greifbaren Notstand sichtbar machen kann. Das ist mein Kriterium des rechten Handelns …

Die Komparsen sind mittlerweile mit dem kleinen Umbau fertig, wedeln sich mit Fächern Luft zu und warten auf die Fortsetzung der Rede Krolls.

KROLL Hier, wo früher der Terror eine Heimstatt hatte, wird nun eine der größten Zeitungen unseres Landes entstehen. Warum? Ich sage, sie wird entstehen, um neuem Terror Einhalt zu gebieten. Die Zeiten haben sich geändert! Ja. Ab sofort ist nichts mehr, wie es vorher …

Die weiteren Worte Krolls gehen im Lärm einer vorüberdonnernden Passagiermaschine unter. ***Dieses Tonzitat wurde von fast 80% des***

Publikums erkannt und als zu eindeutig verurteilt. Noch während der Premiere wurde das Geräusch gegen das Geräusch einer Cessna ausgetauscht. In diesem Moment erkannten es nur noch 20% der Anwesenden. Erst Wochen später, als ein 15-Jähriger in den USA mit seinem Flugzeug in ein Bürogebäude krachte, weil er Bin Laden verehrte, verstanden es wieder 80% der noch immer anwesenden Zuschauer und empfanden dasselbe Geräusch als interessant und aufrichtig.

Musik: Phillip Glass, »Violinkonzert 1. Viertel = 104 – Viertel = 120« im Loop.

Plötzlich kommt Rolli Koberg im Laufschritt von links.

Mein Wunsch wäre es, dass diese Rolle von Roland Koberg selbst gespielt wird. Er ist in meinen Augen einer der ganz wenigen, die die Methode verstanden haben! Was zu diesem Zeitpunkt keiner wissen konnte, war die sagenhafte Entwicklung, die das Stück in den kommenden Wochen nehmen sollte: Der Darsteller des Rolli Koberg brach sich bei einer Verfolgungsjagd 7 Rippen und musste für 6 Wochen aussetzen. Frank Castorf bat deshalb Roland Koberg, die Rolle des Rolli Koberg zu übernehmen. Dieser sagte prompt zu und spielte am 4.1.2002 sich selbst, was viele Berliner Kritiker neidisch aufnahmen. Der Abend wurde zum Triumph. Das Publikum in der ausverkauften Volksbühne tobte.

ROLLI *ruft zum Balkon hinauf* Ich will den Pulitzerpreis haben!

Irritation. Margit huscht die Treppe hinauf ins Obergeschoss. Rosmer nutzt den kurzen Moment der Verwirrung und tritt ans Mikrophon.

ROSMER Und genau da müssen wir ansetzen. Unser Hauptgegner befindet sich in unserem Kopf. Das ist die Erinnerung an das, was die »Zeit« in den achtziger Jahren war, als sie mit ihren Debatten noch die

Republik dominierte und die Meinungsführerschaft hatte. Eine Sonntagszeitung, die man sich als Wochenzeitung denkt – das müsste man erreichen. Wenn Sie jetzt sagen, das geht nicht, sage ich: Man soll sich seine Ziele nicht zu klein stecken. Wir wollen dominieren und wir werden dominieren! ***Angeblich ein Zitat von Lea Rosh zur Eröffnung des Holocaustdenkmals Berlin e. V.***

Während Rosmer spricht, saust Kroll die Treppe hinunter in den Garten, disponiert nervös die Komparsen **bittet Koberg darum zu vermitteln, damit man endlich versteht, dass in Berlin schon alles gesagt ist, bevor es aus dem Mund kommt** *und geht wieder zurück auf den Balkon.*

KROLL *gehetzt* Ja, großartig. Rosmer hat es gesagt. *bemüht sich fortzufahren* Ich möchte an dieser Stelle noch rasch unsere Leuchtreklame enthüllen … *an die Technik* Klappt das schon?

Der Lappen über der Leuchtreklame wird hydraulisch weggefahren. Man sieht die Welt als Big Mac, in dem als Rindfleischscheibe die Kürzel der zukünftigen Zeitung stehen: ZAS. ***Auch dieses Bild wurde lediglich von 7% der anwesenden Journalisten erkannt. Einige sahen darin einen Schneemannkopf, andere ein Symbol für den aufgeblasenen Körper der im Licht weißen Terrors geborenen BRD.***

KROLL *weiter* Prima … und ein paar Worte sagen, die das Profil unserer Zeitung umreißen: Die Leichtigkeit einer Zeitung erreicht man durch den Umgang mit Bildern und Textlängen und die innere Großzügigkeit, auch mal randständige Themen in den Mittelpunkt zu stellen. Kein Mensch will am Sonntag 20 Seiten lange Essays lesen. Aber Sie können wunderbar unterhaltsam über die Dekodierung des Genoms schreiben … ***Irgendwann bei einem der zahlreichen Abendessen mit wichtigen Leuten, die alle am Machtapparat der FAZ teilnehmen wollen, aber nicht dürfen, außer in dem Gefühl, mit denen zu tun gehabt zu haben, die den Machtapparat betreiben, auch wenn sie wissen, dass auch diese nur synthetisch hergestellt wurden. Wirk-***

lich intelligent ist nur der, der daran teilnimmt, um sich die Taschen zu füllen.

Kroll wird von Marschmusik unterbrochen (»Liberty«-Marsch). ***Singen Sie mal mit!***
Die Haustür öffnet sich. Spot auf Gernot, der als Sänger mit Mikrophon durch die Menge tanzt. Asynchron, arhythmisch, hingesungen, ohne es zu wollen. ***Zitat aus Orson Welles' »Citizen Kane«; eine der peinlichsten Szenen in diesem völlig überschätzten Film.***

GERNOT *singt zur Marschmusik* Da sind so tolle Männer. Und bist du mal in Not, dann helfen sie dir wie ein Gott. Wer mag das sein?

ALLE *stimmen ein* Wer mag das sein?

GERNOT Wer mag das sein?

ALLE Wer mag das sein?

GERNOT Wer jagt den ganzen Potentaten einen so großen Schrecken ein? Wer liebt den Witz? Wem macht die Pleite nichts? Wer weiß, wer's ist? Ein armer Tropf, der sie nicht kennt! Wer ist so toll?

ALLE Wer ist so toll?

GERNOT Wer ist so toll?

ALLE Wer ist so toll?

GERNOT Naja, der Rosmer und der Kroll!

ALLE/GERNOT Wer ist so toll? Wer ist so toll? Naja, der Rosmer und der Kroll! Naja, der Rosmer und der …

Gernot geht schnell ab ins Haus.

ALLE Krooolll!

Musik aus.

KROLL Ja, großartig. Die Spaßgesellschaft ist vorbei. ***Die Spaßgesellschaft hat am 11. September begonnen! Schon vor dem 11.9. war die Welt im Eimer. Nur leider sind seit dem 11.9. einige Leute stärker geworden, die uns erzählen wollen, was jetzt noch geht und was nicht. Genau vor diesen Leuten müssen wir unsere Knarren ziehen und von unten schießen. Nichts ist schlimmer als ein privates Problem. Das ist laut »Zeit« ein ideologisch gefährlicher Standpunkt, den dieses Stück hier vertritt. Das Interessante ist aber, dass es wirklich stimmt. Der Anlass des 11.9. war ein privater. Deshalb sollten die, die jetzt wissen, was zu tun ist, niemals vergessen, dass auch sie privat entscheiden und sich nicht wundern, wenn wir an ihren Entscheidungen nicht teilnehmen wollen. Globale, moralische, religiöse Beweggründe sind verwerflich und somit keine Lösungsansätze. Erst wenn man das Private vor das Gesellschaftliche stellt, wird man wieder für Klarheit sorgen. Erst dann wird man Gott in sich selbst finden und nicht mehr über sich in den Wolken.*** Das war ein kleiner Gruß unserer Hauptstadtredaktion. Genau so isses. Wir alle müssen irgendwann von überholten Vorstellungen Abschied nehmen. Wir alle haben …

Donnerschlag. Musik: Alban Berg, »Fünf Sätze für Streichquartett, op. 5«. Die Komparsen applaudieren.

ROLLI *ins Publikum* Ich will den Pulitzerpreis haben …

Kroll saust schnell die Treppe hinunter zu Rolli.

ROLLI … aus der Hand von Claus Peymann. Das Erfolgsrezept muss ich haben. Damit ich endlich wieder schlafen kann. Vielleicht auch: Träumen. *beginnt zu weinen*

Theater ist ein hermetischer Raum, in dem man Gedanken ausprobieren darf. Leider sehen die mittlerweile alle gleich abgestanden aus. Trotzdem ist es ein guter Raum! Ich glaube, Theater lebt von der schönen Utopie: Ein Gedanke hat eine Sprengkraft! Natürlich stimmt das, es kommt aber darauf an, wo man den Gedanken denkt und vor allen Dingen wann! Um 19.30 Uhr oder 20.00 Uhr im BE oder in der Volksbühne jedenfalls nicht. Da hat kein Gedanke mehr eine Sprengkraft, weil man ihn auf seine Pünktlichkeit reduziert hat!

Warme Begrüßung Rollis durch Kroll, indem er ihm beide Hände reicht.

KROLL *leise* Was ist denn? Rolli? *an alle, laut* Meine Damen und Herren, ich darf Ihnen nun einen großen Jungen vorstellen, den talentiertesten Berliner, den ich überhaupt jemals kennen gelernt habe, den ehemaligen Journalisten, jetzt Autor, Dramaturg, Liebhaber und Theaterkritiker. Meine Damen und Herren – *marktschreierisch* der Rolli Koberg!

Die Komparsen und Rolli applaudieren.

ROLLI Ich will den Pulitzerpreis haben.

KROLL *schnell* Für die ZAS! Natürlich für die ZAS!

Inzwischen ist Doris auf dem Balkon ans Mikrophon getreten.

DORIS Neuigkeiten gibt es 24 Stunden am Tag. Ich wache nun schon seit geraumer Zeit morgens auf und denke, dass ich glücklich bin. ***Mit diesem Satz zitiert die glaubwürdige »Bunte« die Geliebte eines großen Herausgebers. Nur leider wollen Kabarettanhänger wie Peter Laudenbach, dass man über die Nebenepisode mit einem überfahrenen Hund herwalzt, weil das doch so witzig ist, weil das die absurde Situation so gut darstellt usw. PUHHHH! NEIN! Es ist traurig! Und das Glück, das hier beschrieben wird, ist vielen Fuzzis zu fremd. Ihre***

Devise lautet: labern, saufen und im Notfall zu Hause weinen. Wie heißt es doch gleich? Kommunikation durch Kommunikationsabbruch! Das ist Trauer! Das ist hier gemeint! – Schon während die Geliebte diesen Satz aussprach, saß zu Hause eine andere und hat geheult. – Brechen Sie Ihre Beziehung ab und beginnen Sie die Kommunikation mit Ihrem Partner! … weil ich Journalistin bin. Herzlichen Dank. *kommt schnell die Treppe hinunter*

Beifall der Komparsen. Grillenzirpen.

ROLLI *für sich* Ich will den Preis haben. Aus der Hand von Claus Peymann. Damit ich endlich wieder schlafen kann … und träumen.

Das Kanzlerflittchen mischt sich unters Volk und schüttelt Hände. Der Kanzler folgt mit etwas Abstand.

DORIS Wir Journalisten gehen ins Bett und waschen unseren Körper, rasieren uns die Beine und parfümieren unser Geschlecht! *bei Rolli* Aber du, Roland, schick dein Testament ohne Datum und lass deine Freundin im Ungewissen! Du bist noch zu jung. Das Einzige, was du brauchst, ist Schlaf! Wollen wir mal was zusammen machen?

ROLLI Pass mal auf: Ich hab mir 'ne Kamera gekauft. 'nen Fotoapparat. Vierfachverschluss. Makro. *wie Hulk* Wollen wir mal was zusammen machen? Hast du schon mal vor der Kamera? *weinerlich* Laura Bush … Laura Bush hat doch auch solche Fotos gemacht. ***Diese Fotos waren nur kurze Zeit im Netz verfügbar. Nachweislich nicht gefälscht! Ziemlich übles Zeug. Partyaufnahmen aus der Zeit vor Bushs Präsidentschaft! Es wäre wunderschön, wenn wir zeigen könnten, dass der amerikanische Präsident genau an der Krankheit (IPP – Induratio Penis Plastica) leidet, die im Folgenden zum zentralen Problem des Herausgebers wird.***

DORIS *aggressiv* Ja!

Rolli geht ab ins Haus. Rosmer kommt langsam aus dem Wohnzimmer über die Brücke nach vorne.

DORIS *an alle* Natürlich … geht es auch um die Aufteilung der Welt, und natürlich geht es auch um die Aufteilung der Welt unter amerikanischer Leitung.

Kroll arrangiert wieder umständlich die Komparsen.

DORIS Und genau da unterstütze ich meinen Mann, wo ich nur kann. Nicht nur, dass man ihn regelrecht irre gemacht hat – nein! Gerhard sagt: Wenn wir jetzt nicht mitmachen, dann bekommen wir gar nichts mehr vom Kuchen ab. *geht ab*

BILD 4: SICH AM HIER UND JETZT BERAUSCHEN! – EIN LEBEN OHNE DROGEN?

Eigentlich mein liebstes Kapitel neben dem Aufbruch ins Private! Hier erwacht jemand, der nicht versteht, dass man heutzutage mit einem Jumbojet in ein Hochhaus rasen muss, um Gesellschaftssysteme zu verunsichern. Hier erwacht die Ex-Terroristin Margit, die dieselbe Verunsicherung vor 25 Jahren mit einem Fahrrad und einer Lichtschranke erreicht hat, mit einem Déjà-vu! Die Angst ist dieselbe geblieben, nur die Methoden der Verdrängung haben sich verändert, obwohl die entnazifizierte Gesellschaft in den 70ern schon ziemlich resistent war.

Musik: Filmmusik Billy Wilders »Sunset Boulevard«, Motiv Norma Desmond.

Das Tor wird schnell beiseite gerollt. Großer Auftritt für die Grande Dame des Terrorismus: Margit erscheint mit Sonnenbrille in der Schlafzimmertür. Alle blicken ehrfürchtig zu ihr hinauf. Wie eine licht-

scheue Filmdiva schwebt sie in zartem, fliegendem Kleid die Treppe herunter. Rosmer löst sich aus der Menge, geht auf seine Frau zu und will sie an der Wohnzimmertür in Empfang nehmen. Margit rauscht an ihm vorbei über die Brücke und begrüßt alle einzeln, indem sie sie wie eine Blinde betastet. Kroll ist beeindruckt. Margit reicht ihm die Hand. Rosmer kommt langsam nach vorne, hält sich aber am Rand des Geschehens und beobachtet alles.

Leise Musik: »Veronika Voss«. ***Erste Tränen setzen ein. Einige Filmfreunde bekommen feuchte Augen. Man tuschelt. Fassbinder? Warum ist Fassbinder nicht zu dieser Premiere erschienen? Warum nur Wim Wenders oder die Trotta oder der alte Sack Schlöndorf oder die vielen unbekannten Preisträger des Bayrischen Filmpreises mit den völlig debilen Mundwinkelakrobaten?*** *Grillenzirpen.*

MARGIT *an alle* Wir sind hier nur zu viert, aber mit Ihnen wird das nun ja alles anders! Ich freue mich wahnsinnig, dass Sie alle da sind. Die Zeit mit der Rote Armee Fraktion war für mich eine sehr wichtige Zeit. So etwas prägt. Besonders, wenn man alle Terroristen persönlich gekannt hat. Ihr Tod war für uns alle ein großer Schock. Eine wirkliche Katastrophe! Ich möchte einfach nur, dass Sie wissen, in welcher Tradition meine Erziehung steht. ***Dieser Text stammt aus einem Drehbuch von Oskar Roehler und mir, das nie verfilmt wurde, weil es zu chaotisch war. Man könnte diesen Film jetzt gut zeigen. Dann wäre klar, dass es uns noch nie um einen aktuellen Bezug gegangen ist, sondern um immergleiche Konstruktionen, die man freilegen muss. Die Zerstörung kommt dann ganz automatisch.***

KROLL *küsst ihr die Hand* Meine liebe, gute, alte, deutsche Terroristin. Liebe, gnädige Frau.

MARGIT *erkennt ihn* Sind Sie das, Kroll? Lieber General Kroll! *reicht ihm beide Hände und zieht ihn an die Rampe; leise, vertraulich* Sind die Kirschblüten bereit für den Fall? ***Die »Kirschblüten« beziehen sich hier auf die Kamikazeflieger von Pearl Harbor. Die hatten***

kein Benzin für den Rückflug und mussten ihren ausweglosen Absturz verklären. Diese Methode sollte Schauspielern nicht fremd sein

Der Vorhang schließt. Musik aus.

Margit und Kroll stehen dicht beieinander im Lichtkegel und halten sich an den Händen. Rosmer steht links im Halbdunkel, hat die Hände in den Taschen vergraben und beobachtet die Szene.

MARGIT *zu Kroll* Ich bin so froh, dass Sie da sind! Nun hat der Feind keine Chance mehr, oder?

KROLL Nein, nein. Natürlich nicht. *schwärmerisch* Ich bin ein Anarchist, Madame. Allerdings im Sinne Ernst Jüngers: Anarchie als wildes Denken. *drängt sich an Margit* Wenn wir das menschliche Genom auf mehreren Seiten im Feuilleton abdrucken, warum sollen wir nicht mit der ganzen Kapazität der ZAS ausführlich erklären, wie eine Zelle wächst? Das ist für mich Anarchie, Madame, Raum für so etwas zur Verfügung zu stellen. Man kommt sich auch menschlich näher. Wenn zwei ein besonders intensives Gespräch geführt haben, dann entstehen natürlich Gerüchte.

MARGIT Die nicht immer dementiert werden.

KROLL Man muss von veralteten Vorstellungen Abschied nehmen und genau das bedienen, was der Leser wünscht.

MARGIT *vor Errgegung erschaudernd* Mein Gott, *stöhnt* Ihre Sätze sind so entspannend. ICH BIN SO FROH, DASS IHRE SÄTZE SO HOHL SIND!

ROSMER *unvermittelt von der Seite* Ja, Liebes! Ich bin auch froh, wenn du froh bist.

Margit und Kroll schrecken auf. Margit lässt Kroll los und weicht zurück in den Vorhang.

MARGIT *gereizt* Ach ja? Bist du froh, wenn ich froh bin?

Musik: Alban Berg, »Lyrische Suite für Streichquartett«, wird langsam lauter.

MARGIT *in den Vorhang gekrallt* Dreht euch nicht um. Geht den Weg blindlings zurück. Im schwarzen Tor der Nacht findet ihr Einklang. Der Huflattich erhöht geheimnisvolles Gestrüpp, grün gebreitet über die Dämmerung, Hoffnung für eure schwerer werdenden Füße, euch der Heimat entgegentragend. Die Heimat? Ja? Was ist denn die Heimat? Ist sie vielleicht eine weiße Wand mit den Spuren eines Rahmens? *laut* Was war in dem Bild? Wer hat es abgehängt?

Düsterer, dramatischer Akkord. Der Vorhang öffnet sich. Margit dreht sich nach hinten um. Auf der Brücke steht Susi in Lackstiefeln und Lackhöschen. Während sie spricht, verdunkelt sich die Bühne, ein Spot verengt sich auf Susi. Rosmer, Kroll und Margit gehen langsam zur Seite.

SUSI *elegisch* ***gespielt von der Japanerin Sachiko, die für Kritik und Publikum die Entdeckung des Abends war*** Dreh dich nicht um. Geh den Weg blindlings zurück. Im schwarzen Tor der Nacht findest du Einklang. Der Huflattich erhöht geheimnisvolles Gestrüpp, grün gebreitet über die Dämmerung, Hoffnung für deine schwerer werdenden Füße, dich der Heimat entgegentragend. Und die Heimat ist eine weiße Wand mit den Spuren eines Rahmens. Was war in dem Bild? Wer hat es abgehängt? Nicht die Spur einer Ahnung bleibt in deinem *wird plötzlich von einem epileptischen Anfall geschüttelt, stößt hervor* kopfschweren Kopf!

Donnerschlag. Musik aus.

Susis Anfall wird stärker. Kroll und Margit kommen schnell angelaufen, Rosmer etwas langsamer. Kroll ist hell entsetzt, Rosmer wie versteinert.

MARGIT *rennt los ins Haus* Rosmer, hilf ihr doch!

Rosmer setzt sich auf Susis Beine. Kroll hält hilflos ihre Arme fest. Susi röchelt.

KROLL Was hat denn das Mädchen?

MARGIT *aus der Küche* Sehen Sie denn nicht, dass sie krank ist? Susi ist krank!

KROLL *panisch* Rosmer?

MARGIT Ganz ruhig, Susi. Ich komme gleich. Schön ruhig bleiben. *kommt mit Spritzbesteck zurück* Spritze! Festhalten! Haltet sie fest! Scheiße, weiß denn wieder keiner, was zu tun ist? *murmelt während sie die Spritze vorbereitet* Susi ist krank! Sie ist krank von den Ansprüchen der Grünen. Sie ist krank vom Machtkalkül der Sozialdemokratie. Sie hat die Schnauze voll von den Lügen, die uns täglich wie Schmeißfliegen den Haufen umfliegen ... *zieht die Spritze auf* Ja, meine Kleine. Das haben wir gleich. Susi. Schön ruhig. Jetzt nicht wegkippen. Es ist gleich vorbei. Eins, zwei, drei – und ... *sticht zu wie in Tarantinos »Pulp Fiction«.* ***– einem Film, den man nicht unbedingt kennen muss. Besser sind die Gewaltszenen aus frühen Bunuel-Filmen!***

Alle schreien laut auf.

MARGIT Verdammte Scheiße! Jetzt ist die Nadel abgebrochen. *zieht unter Horror eine neue Spritze auf* Schön dableiben, Susi. Das haben wir gleich. Mutti kommt schon mit der Spritze. *klopft die Luft aus der Spritze* Schön durchhalten. O.K. – eins, zwei, drei *sticht zu* – ah!

Alle schreien erneut auf.

MARGIT *verzweifelt* Scheiße! Mein Gott, ich hab versagt. Ich kann nicht mehr spritzen. *steht auf, rauft sich die Haare, völlig außer sich* Oh mein Gott, wie steh ich denn jetzt da? Ich kann nicht mehr spritzen! *wankt zum Haus* Wie peinlich!

ROSMER *kriecht hinter seiner Frau her* Margit! Margit!

KROLL *flüstert* Was machen wir denn jetzt? Susi? Was machen wir denn jetzt? Rosmer? Wo wollen Sie hin? *zu Susi* Hallo? Hallo? Komm!

Kroll ist mit Susi allein, zupft hilflos an ihr herum, hebt Arme und Beine hoch und lässt sie wieder fallen.

Unheilvolle Musik: »Frank« aus »Blue Velvet«. – ***einem besseren Lynch-Film vor der Zeit des Selbstzitats. Oder ist es bloß ein eigenes Aufzählen, um wieder mal Ordnung zu bekommen? So eine Art Quintessenz? Danach dann der Schock, ein Unfall, Urlaub oder die Umstellung vom fliegenden Geschäftsmann zum Trucker. Immer unterwegs. Ein rollendes Hotelzimmer. Von einem Campingplatz zum nächsten. Weg aus den Lobbys der Hotels! Weg von den Snacks der Fluggesellschaften. Keine Durchsagen mehr, wie hoch, wie schnell und wie kalt man ist. Nur noch Musik und Nachrichten.***

Gernot erscheint aus dem Dunkel. ***Wahre Episode, die ich auf einem Campingplatz in Südfrankreich erlebt habe!***

GERNOT *misstrauisch* Susi?

KROLL *stammelt* Ohnmächtig! Sie ist ohnmächtig!

GERNOT *gefährlich* Wie bitte?

KROLL Der Terrorismus … die Grünen …

GERNOT *geht langsam auf Kroll zu* Ich habe da so ein superschlechtes Gefühl. Ich glaube, du hast meine Schwester vergewaltigt. Oh Mann, ich habe das Gefühl, dass du meine Schwester vergewaltigt hast.

KROLL Nein, nein … Es war ein Unfall.

GERNOT *umkreist Kroll, mit wachsendem Zorn* Ein Unfall? Du sagst, es war ein Unfall? Weißt du, was das heißt – einen Unfall haben? Ich glaube, du hast noch nie einen Crash erlebt. Meine Ferraris sind beide abgebrannt. Ein Testarossa und ein 348er. Es gab da eine Fehlfunktion in der Benzineinspritzung. Wenn das passiert, kann der Wagen in Flammen aufgehen. Du sagst, es war ein Unfall. Ich glaube, du weißt nicht, was das heißt – einen Unfall haben. *holt aus und schlägt Kroll brutal die Faust in den Magen*

Kroll geht zu Boden und spuckt Blut.

KROLL *röchelnd* Ich hol' die Polizei. *schleppt sich ins Haus*

Plötzlich ist Susis helles Stimmchen zu hören.

SUSI Gernot! Gernot!

GERNOT *zärtlich* Susi! *beugt sich zu ihr*

Sturm kommt auf.

SUSI Und es kam Feuer vom Himmel, und die Erde verbrannte, und der tiefste Punkt der Erde war der Grund des Meeres. Und alles ging zu Ende, weil der Menschen Angesicht ein Gepränge von Eitelkeit trug und sie nicht merkten, dass das Wasser zur Neige ging. ***Von einem sehr hoch angesiedelten FAS-Mitarbeiter wurde ich einmal gefragt, warum ich behaupten würde, dieses Stück hier habe nichts mit seinem Vorgesetzten zu tun. Ich war sehr verwundert, weil ich dieses Stück gerade wegen seiner noch kommenden Entwicklung***

beim besten Willen nicht als ein Stück über seinen Vorgesetzten ansehen kann. Ich antwortete ihm per SMS, dass ich nicht gelogen hätte, weil ich genau zum Zeitpunkt seiner Frage ein Stück über Oracle-Chef Larry Ellison, über Leo Kirch und Axel Springer im Kopf hatte und gerade von der griechischen Insel Patmos kam, wo Axel Springer im Kloster nach dem Selbstmord seines Sohnes intensiv mit der Apokalypse, die Johannes dort schrieb und aus der obige Passage stammt, in Berührung kam und wieder zu seinen Resten fand.

GERNOT Ja, Susi! *zieht Susi empor* Steh auf! Geh zurück in die Stadt, denn die Obsessionen, die dich gequält haben, sind in die Schweine gefahren, und die Schweine sind die Klippen heruntergestürzt. Ja, Baby, lauf in die Stadt! Lauf!

SUSI *steht wackelig auf* Ich kann laufen! Ich kann laufen!

GERNOT Ja, lauf, Baby! Lauf!

Gernot und Susi laufen ins Wohnzimmer.
Die Musik schwillt dramatisch an und reißt ab. Die Bühne ist jetzt vollständig dunkel, nur das Licht der Zimmerlampen schimmert durch die leichten Hauswände. Die ZAS-Leuchtreklame brennt.
Aus dem Haus ist Margits Keifen zu hören.

MARGIT Das ist alles nur deine Schuld! Diese verdammte Sonntagszeitung! Du wirst mich verlassen – meinst du, ich spüre das nicht? Meinst du, eine Frau spürt das nicht? Du wartest doch nur darauf, dass ich krepiere, damit du an mein Geld kommst! *kommt aus dem Haus, in der Hand einen Bund Nelken*

Licht fällt in den Garten.
Margit steckt zornig die Blumen in die Erde. Rosmer tritt aus der Haustür und geht auf Margit zu.

ROSMER Welches Geld? Du bist doch komplett pleite, Margit. Materiell und spirituell. Versteh doch endlich: Ich will die herausgerissenen Eingeweide unserer Gesellschaft wieder auffüllen! Ich will die Ärsche auslecken, bis ich darin Zahngold finde. Das ist radikal! Das ist der wahre Terrorismus unserer Zeit! Das ist die wahre Anarchie unserer Zeit! *fanatischer* Das bin ich! Das ist die Zeitung am Sonntag! Das ist die ZAS!

MARGIT *vor sich hinkeifend* Du mit deiner scheiß Zeitung. Ich bin ein Denkmal, hast du verstanden, du Arsch? Ich bin ein Denkmal, und ihr liegt unter mir als der Dreck, in dem mein Fundament steckt.

ROSMER Aber Margit, es macht doch viel mehr Spaß, wenn man keine Medikamente nimmt. Glaub mir, es macht viel mehr Spaß ohne Medikamente. Die Zeit für einen realistischen Rausch ist gekommen! Wir wollen uns am Hier und Jetzt berauschen! ***Nietzsche sagt, das Wetter ist für die Qualität der Gedanken verantwortlich.***

Musik: Schostakowitsch, »Cäsars Geist«.
Margit steht langsam auf. Beide sehen sich intensiv an, umarmen sich lange. Plötzlich beißt Margit Rosmer in den Hals wie ein Vampir. ***In diesem Moment wird allen klar, dass wir hier nur auf den Rohbau eines Films schauen. Im Film hätte es Kraft und Eleganz und die ganze Wahrheit eines Melodrams. Auf der Bühne bleibt es einsehbar. Das ist die Qualität des Theaters.***

ROSMER *schreit entsetzlich* Aaaaaaah!

Lauter Musikeinsatz: Bernard Herrmann, »Citizen-Kane«-Loop. Die Bühne dreht nach rechts. Das Haus glüht auf.

ROSMER *rast schreiend ins Haus, dort ins Arbeitszimmer* Diese verdammten Drogen! Diese ganzen verdammten Drogen! So eine verdammte Scheiße! Ich will, dass das endlich aufhört! Ich will, dass das aufhört!

MARGIT *mit weit aufgerissenen Augen zurückweichend, schreit ins Publikum über die Musik* Peter? Was hast du vor? Peter? Peter!

Margit wäre im Film parallel geschnitten. Man würde verstehen, dass sie weiß, was passiert, aber die Kamera würde so tun, als wäre sie sich dessen nicht bewusst. Oder ist es genau umgekehrt? Margit weiß genau, was los ist, aber der Zuschauer wird zwischen die Bilder gestellt. Hier kann er nach dem Kasper, dem Krokodil oder dem Teufel rufen. Er kann Warnungen aussprechen und gleichzeitig nach dem Popcorn greifen. Diese Zeit- und Schnittmethode hat das Theater für sich noch nicht entwickelt. Hier glaubt man, immer alles zu sehen und rettet sich deshalb auf die Metaebene oder verdummt komplett. Es ist und bleibt wirkungslos.

Während die Bühne dreht, hört man, wie Rosmer das Arbeitszimmer verwüstet: Er reißt Papier und Akten aus den Schränken und wirft Möbel um wie »Citizen Kane« im Film.

BILD 5: **CHURCH OF FEAR**

Lärm einer Passagiermaschine. Musik aus. Die Bühne stoppt. Dunkel. Man erahnt die aufgeschnittene Rückfront des Hauses. Nur das Arbeitszimmer rechts oben ist erleuchtet. In Schlaf- und Wohnzimmer der Schein zweier Lampen. Im Schlafzimmer fickt Susi mit Gernot. Das Arbeitszimmer ist verwüstet. Schreibtisch und Schränke liegen umgestürzt, Papier und Aktenordner überall. Rosmer steht erschöpft im Raum. Margit betritt das Arbeitszimmer.

MARGIT *spricht wie eine Mutter, die genau weiß, was ihr Kind getan hat, aber so tut, als sei sie wirklich überrascht* Ja – was ist denn hier passiert? Ja, wer hat denn hier alles umgeworfen?

ROSMER Ich! Ich habe hier alles umgeworfen. Was dagegen?

MARGIT *sehr deutlich* Ich habe sehr wohl etwas dagegen.

ROSMER *packt Margit, schüttelt sie* Wieso? Wo warst du denn all die Jahre, Margit? Wie oft habe ich um Hilfe geschrien! Dieser verdammte Erfolgsdruck …

MARGIT *stößt Rosmer von sich* Mach dich doch nicht lächerlich – Erfolgsdruck! Was heißt, wo war ich? Glaubst du vielleicht, ich habe nichts Besseres zu tun, als für dich Brötchen zu schmieren? Ich habe schließlich noch ein bisschen was vor in meinem Leben.

Während Rosmer sich am Geländer aufrichtet, erscheint der zusammengeschlagene Kroll in der Tür.

KROLL *mit letzter Kraft* Rosmer! Ich habe die Polizei angerufen! Meine individuelle Bedrohung hat einen solchen Grad an Angst produziert, dass ich keinen anderen Ausweg mehr gesehen habe. *klammert sich mit beiden Händen an das Geländer*

MARGIT *höhnisch* Wie bitte? Die Polizei? Ist das Ihre Vorstellung von Problemlösung? Warum nicht gleich die Armee! Schily wäre sicher begeistert von Ihrer Idee. Wissen Sie, was Sie sind? Sie sind nicht radikal, Sie sind ein PFURZ! *geht ins Schlafzimmer, knallt die Tür zu, wirft sich mit einem Buch aufs Bett und schaltet den Kassettenrekorder ein*

Wir hören Gedichte von Ingeborg Bachmann: »In den Bäumen kann ich keine Bäume mehr sehen. Die Äste haben nicht die Blätter, die sie in den Wind halten. Die Früchte sind süß, aber ohne Liebe. Sie sättigen nicht einmal. Was soll nur werden? Vor meinen Augen flieht der Wald, vor meinem Ohr schließen die Vögel den Mund« usw. ***Nach der Premiere erlebten die Gedichtbände von Ingeborg Bachmann einen regelrechten Boom. – Bachmann im Bezugsfeld des 11. September ist wie Johannes auf Patmos. Ausgestoßen aus dem Bild, weggeworfen hinter das Bild der Erfolgreichen. Was ist zu tun? Angst***

schildern? Oder Angst erzeugen? Das ist das Geheimnis von Johannes' Apokalypse. Man denkt, er habe sie aus Verzweiflung geschrieben. Aber lesen Sie sie auch mal unter dem Gesichtspunkt: Wie bekomme ich eine mir feindlich gesonnene Gesellschaft in meine Gewalt? Indem ich Angst erzeuge und nicht nur von meiner eigenen berichte.

KROLL *außer sich* Rosmer? Rosmer! Ich glaube, mit den herkömmlichen redaktionellen Methoden kommen wir keinen Schritt weiter! *schlägt auf das Geländer, um seine Worte zu unterstreichen* Mit den herkömmlichen redaktionellen Methoden werden die Ressourcen des Bewusstseins in keiner Weise angekratzt. Ich bin nicht bereit, die Ressourcen, die hinter jedem Einzelnen dieser hoch begabten Journalisten und Erwachsenen stehen, auch weiterhin als Idioten zu behandeln. Das hättest du doch wissen müssen, dass ich mich auf einen Kompromisskurs nicht einlassen werde!

ROSMER *plötzlich ernüchtert* Sehe ich etwa kompromisslerisch aus?

KROLL *steigt auf den umgestürzten Schrank, eindringlich* Nein, das nicht. Aber du machst mir keinen demokratischen Eindruck! Rosmer! Du wirkst irgendwie – undemokratisch! Demokratie ist eine Form des Kompromisses, aber noch lange keine Niederlage! Demokratie ist der Versuch, die Dinge intelligent scheitern zu lassen –, was hast du denn?

Aus dem Schlafzimmer ist das Lachen von Margit und Gernot zu hören.

ROSMER *wird wieder von Schmerzen überwältigt und lehnt seinen Kopf ans Geländer* Ich habe seit Tagen so ein Ziehen zwischen den Beinen. Ich spür hier was.

Kroll tritt ihm neugierig besorgt zur Seite.
In der Küche ein Licht: Susi hat den Kühlschrank geöffnet, kauert davor und starrt hinein wie in den Fernseher.

ROSMER *jammernd* Ich bin beunruhigt, weil ich nicht weiß, was dieser Schmerz bedeutet. Ich glaube, wäre ich in einer anderen Zeit geboren, wo man die Sprache der Vögel noch zu verstehen versuchte, dann hätte man mich mit mehr Respekt behandelt. Ich nehme keine Windeln mehr, denn auch wenn ich ein Problem mit meinem Schließmuskel habe, so bin ich doch der Peter Rosmer und nicht so ein fetter Sack mit einem monströsen Watteteil zwischen dem Arsch.

KROLL Reiß dich zusammen!

ROSMER *weinend* Wie soll ich mich als Mann fühlen, wenn man mir die Männlichkeit durch solche demütigenden Gesten nimmt?

Hier beschreibt Rosmer zum ersten Mal sein privates Problem. Ihm bleibt aber keine Zeit, wie Nietzsche um den See herumzulaufen und auf besseres Wetter zu warten. Rosmer hat IPP, Induratio Penis Plastica. Prof. Dr. med. Hartmut Porst, Urologe/Androloge, schreibt dazu: »Bei der Induratio Penis Plastica handelt es sich um eine chronische, zur Vernarbung führende Erkrankung der beiden Erektionsschwellkörper. Obgleich die Krankheit bereits 1743 von dem französischen Chirurgen François de la Peyronie beschrieben worden ist, sind die Ursachen dieser Erkrankung bis zum heutigen Tage unerforscht. Vieles spricht dafür, dass wiederholte unbemerkte Mikroverletzungen der Schwellkörperhaut (Tunica albuginea) bzw. der Trennwand (Septum) der Schwellkörper die Krankheit zum Ausbruch kommen lässt. Darüber hinaus werden bei einem Teil der betroffenen Männer immunologische und genetische Faktoren (gehäuftes Vorkomen des sog. HLA-B27-Antigens) diskutiert. Bei 20–30% der betroffenen Männer kommt es neben der Induratio Penis Plastica auch zu bindegewebsartigen Narbenbildungen um die Fingersehnenscheiden der Handinnenflächen (Morbus Dupuytren), teilweise mit so genannten Beugekontrakturen und Bewegungseinschränkungen der Finger 3–5. Sehr selten ist auch die Fußsohle betroffen. Die Induratio Penis Plastica kommt ebenfalls häufiger bei Diabetikern vor. Der Krankheitsverlauf ist meist chronisch, teilweise auch schubweise. Oftmals beginnt sie ›über Nacht‹ mit einer Knotenbildung an der Schwellkörperhaut, welche bei der Erektion Schmerzen verursacht. Dieses entzündliche Stadium, in welchem sich die Knoten und Verhärtungen (Plaques) noch relativ weich antasten, geht dann nach einigen Monaten in ein verkalkendes Stadium über, welches dann zu teils grotesken Verbiegungen des Penis nach oben oder zur Seite führt. Zusätzlich kann es zu sanduhrförmigen Einziehungen des Penis und zu einer ungenügenden Versteifung der Schwellkörperteile jenseits der Verbiegung kommen. Die Patienten empfinden dies als fassreifenartiges Abschnürungsgefühl der Schwellkörper. Sowohl die Verbiegung als auch die oft gleichzeitig nachlassende Erektionsfähigkeit führt zu entsprechenden Schwierigkeiten beim Geschlechtsverkehr bis hin zur kompletten Impotenz. Die Knoten am Penis zeigen bisweilen Wanderungstendenz, wodurch sich Biegungsseite und Ausmaß ändern können. Der individuelle natürliche Verlauf der Krankheit ist unberechenbar. Sie kann spontan ausheilen oder aber auch zu starken irreversiblen Penisschrumpfungen führen. Meist kommt es nach dem Verlauf von 1–3 Jahren zu einem Stillstand mit erheblicher Restverbiegung. Da die Ursache der Erkrankung unbekannt ist, gibt es auch keine ursächliche Behandlung. Im Stadium der Entzündung, wenn die Knoten noch nicht verkalkt sind, kann durch orale Gabe von Medikamenten wie Paraaminobenzoesäure (Potaba Glenwood™) oder Vitamin E versucht werden, zumindest Schmerzfreiheit zu erreichen, wobei Vitamin E wegen der geringen Nebenwirkungen und des niedrigen Preises zu bevorzugen ist. Die direkte Injektion von Medikamenten in die Knoten wie Verapamil, Hyaluronidase oder Cortison wird zwar mancherorts noch durchgeführt, konnte aber in der Literatur keine überzeugende Besserung herbeiführen. Gleiches gilt für die Strahlentherapie, welche, wenn überhaupt, nur im anfänglichen Entzündungsstadium gerechtfertigt ist. Nach der Strahlentherapie kann es zu Erektionsstörungen und zu Komplikationen bei etwaigen späteren Operationen kommen (plastische Penisoperationen). In den letzten Jahren wurde an verschiedenen Kliniken auch der Versuch unternommen, mittels der extrakorporalen Stoßwellentherapie den betroffenen Patienten zu helfen. Bislang stehen hierzu aber überzeugende Langzeitergebnisse aus, außerdem übernehmen die Krankenkassen diese sehr teure (mehrere tausend DM) Therapie nicht. Bei allen Männern, bei welchen die Induratio Penis Plastica zu einer bleibenden, den Geschlechtsverkehr beeinträchtigenden Penisverbiegung geführt hat, sollte diese durch eine plastische Penisoperation beseitigt werden. Es sollte aber hierbei nicht zu früh operiert werden, d. h. frühestens 6–12 Monate, nachdem sich im Krankheitsverlauf nichts mehr geändert hat, um Rezidivverbiegungen zu vermeiden.« (Quelle: www.porst-hamburg.de)

BILD 6: **NIEDER MIT DER FDP! – PROJEKT 18 1/2**

Plötzlich stürzt Gernot ins Arbeitszimmer.

GERNOT Papa? Hey Papa! Ich hab was mit dir zu besprechen.

KROLL *zeigt auf Gernot, schnell* Das isser! Das ist der Mann, der mich zusammengeschlagen hat! *bringt sich im Eckschrank in Sicherheit*

ROSMER Gernot! Das ist Gernot. Mein lieber, kleiner Gernot! *umarmt und küsst seinen Sohn, verlässt dann eilig den Raum*

GERNOT *redet, als sei sein Vater noch im Raum* ***Wusste Gernot, dass sein Vater nicht mehr da war? War alles nur ein Spiel für Dr. Kroll oder war Gernot verwirrt?*** Papa, Susi ist schwanger! Ich schätze mal, sie ist im dritten oder siebten Monat. Ich habe keine Ahnung, was das bedeutet. Aber es scheint mir, wir sollten mal darüber sprechen. Ja, von Mann zu Mann, Papa. Nein, ich war's nicht, Papa …

Margit wird durch Gernots Lautstärke aufmerksam.

MARGIT *brüllt aus dem Nebenzimmer* Wer ist denn da?

KROLL *aus dem Schrank* Ich bin es, Kroll!

MARGIT *aus dem Nebenzimmer* Kroll, sind Sie das? Kroll?

KROLL *aus dem Schrank* Kroll! Ich glaube, Ihr Sohn ist da!

GERNOT *reißt die Schranktür auf und schleift Kroll am Kragen heraus* Hey, was machst du in dem Schrank von meinem Vater?

KROLL *in arger Zwangslage* Mein Name ist Kroll. Ich bin Politiker und unterstütze Ihren Vater.

GERNOT *aggressiv durch die Zähne sprechend* Ich frage mich wirklich, was du in dem Schrank machst! He? *knallt ihn gegen die Wand*

Aus dem Off Ingeborg Bachmann: »In den Bäumen kann ich keine Bäume mehr sehen. Die Äste haben nicht die Blätter, die sie in den Wind halten. Die Früchte sind süß, aber ohne Liebe. Sie sättigen nicht einmal. Was soll nur werden? Vor meinen Augen flieht der Wald, vor meinem Ohr schließen die Vögel den Mund« usw.

Margit schaltet die Bachmann aus, betritt das Arbeitszimmer und erblickt Gernot.

MARGIT Ja, sag mal, wer ist denn da? Gernot!

GERNOT *kindlich* Mama.

MARGIT *zärtlich* Ja, ich bin's. Mein süßer, kleiner Gernot! *stürzt sich auf ihn* Du bist wieder da!

Gernot ist das unangenehm. Er versucht, Margit abzuschütteln, aber sie macht sich ganz steif. Gernot packt sie, trägt sie wie ein Brett durch den Raum und dreht sich um die eigene Achse. Kroll stiehlt sich an beiden vorbei und beobachtet das Geschehen aus einer sicheren Ecke.

MARGIT *gerät auf den Armen ihres Sohnes immer mehr in Verzückung* Ohhh, du Tier! Uahhh, ohhh! Du afrikanisches Tier! Kein Mensch käme in Afrika auf die Idee, ein Krokodil zu essen, um selbst ein Krokodil zu sein. Die Menschen kommen nicht, um etwas Fremdes zu kaufen. Sie kommen, weil sie sich selbst fremd sind. Sie wollen, dass wir sie verändern. Verändern zu etwas Bekanntem. ***Neue Marktstrategie: Der Kunde kauft keine Produkte mehr, sondern er wird selbst zum Produkt. Der Unternehmenszweck ist die Selbstveränderung des Kunden. Alfred Edel sagte dazu: »In einer Welt, in der alles egal ist, ist es egal, ob etwas gut ist oder schlecht. Hauptsache man nimmt noch an ihr teil. Egal wie.«***

KROLL *brüllt trotzig, den Rücken zur Wand* Kein Mensch ist sich so fremd, dass er alles mit sich machen lässt!

GERNOT *stellt Margit sofort ab, nimmt sich Kroll wieder vor* Das stimmt doch gar nicht! Wir sind doch alle kleine Kuchen, die gebacken werden wollen! *schlägt Kroll in den Magen, packt ihn am Kragen und knallt ihn immer wieder gegen die Wand*

Filmmusik: »Blue Velvet«, schwillt an.

MARGIT *schreit* Nein! Keine Gewalt! Keine Gewalt!

BILD 7: **WENN DIE HEIMAT FLÖTEN GEHT**

In diesem Moment kommt Rosmer aus dem unteren Flur mit einem Holzschlitten.
Die Musik erreicht ihren dramatischen Höhepunkt und bricht ab. Darunter leise Bing Crosby, »Silent night«.
Es schneit.

ROSMER Gernot! Schau, was ich gefunden habe – *stemmt den Schlitten hoch* den Schlitten! Das ist der Schlitten! *stellt den Schlitten auf den Boden, lässt seine Hose herunter und steht nackt auf der Bühne; sein abgewetzter Schwanz baumelt unter dem braun verfärbten Hemdende* Gernot! Gernot!

Gernot lässt von Kroll ab und kommt nach unten. Kroll schaut entsetzt über das Geländer, bis Margit ihn ins Schlafzimmer abschleppt.

GERNOT *betreten zu seinem Vater* Sieht aus, als wäre eure Zeitung schon am Ende, bevor es losgegangen ist, Papa.

ROSMER *voller Vorfreude* Komm! Setz dich, setz dich! Setz dich wie früher – auf mich! Komm, setz dich auf mich! Sag den Satz! Sag den Satz! *legt sich bäuchlings auf den Schlitten und streckt Gernot seinen Po entgegen.*

GERNOT Welchen Satz? *versucht auf seinen Vater zu pinkeln, aber es gibt ein Problem mit der Pissvorrichtung; schließlich zieht er die nicht funktionierende Penisprothese frustriert aus der Hose*

Susi geht aus der Küche in den geheimnisvollen Mittelraum. ***Das Publikum hält den Atem an. Wird Susi für immer in diesem Raum verschwinden oder wird sie sich dort nur transformieren? – Auf dem Block eines Kritikers ist zu lesen: »Transformationsbox. Thinktank? Susi ist weg.«***

ROSMER *brüllt* Ich will die Welt verändern! Wir bespielen die Dächer unserer Häuser. Wir liefern Sozialkritik, wo wir nur können. Aber im Grunde sind wir Astronauten, die man auf einem Schlitten zum Mond geschossen hat, damit wir schwerelos werden … ***Es wäre schön, wenn man hier an die Schaubühne denken würde. Ein Ort, hochgelobt und dann wie eine heiße Kartoffel fallen gelassen. Dabei haben sie es doch nur ehrlich gemeint. Sie wollten wirklich die Gesellschaft verändern, indem sie sich erst einmal selbst verändert haben. Doch die Ansprüche waren zu hoch. Man kann nichts verändern, wenn man sich selber verändert. So etwas wird immer nur als Lüge empfunden. Besser ist es, zu dem zu stehen, was man ist: ein Fehler!*** **Dazu das Schaubühnenmanifest: »Den Theatermachern in Deutschland ist der Auftrag verloren gegangen. Nach über zweihundert Jahren an der Speerspitze der Aufklärung trauert das Theater seiner in der Folge von 1968 noch einmal neu behaupteten Bedeutung als kritisches Stadt- und Staatstheater nach, denn es findet sich in einer von der letzten Eckkneipe bis zum Bundeskanzleramt völlig entpolitisierten Gesellschaft wieder. Der Kontext klarer ideologischer Fronten, das Denken in Alternativen, ist einer großen Orientierungslosigkeit gewichen. Wir leben in einem diffusen Unbehagen ohne Bewusstsein. Wir müssen von vorne anfangen. Es gibt nach wie vor den Wunsch nach einem anderen Leben, nach einem Zusammenleben in wirklicher Freiheit jenseits der Werte und Gesetze ökonomischer Effizienz im neoliberalen Kapitalismus. Ohne Bewusstsein für die Möglichkeit und Notwendigkeit, als Individuen und als Gesellschaft ein anderes Leben als gerade dieses zu führen, lassen sich die Verhältnisse nicht ändern. Das Theater kann der Ort einer Bewusstwerdung und damit einer Repolitisierung sein. Dafür brauchen wir ein im besten Sinne zeitgenössisches Theater, das versucht, von den individuell-existentiellen und gesellschaftlich-sozialen Konflikten des Menschen in dieser Welt zu erzählen. Nur so kann das Theater in einer historischen Situation der vermeintlich extremen Freiheit des Einzelnen, innerhalb eines Systems der völligen Unterwerfung unter die Gesetze des Marktes, weiter die Frage stellen: Wie sollten wir eigentlich leben? Die Verbindung des Theaters zur Welt ist der Autor. Die mit dem Kollaps der großen Ideologien und politischen Lager verbundene Explosion verschiedener gleichberechtigter Wirklichkeiten kann sich nur in den unterschiedlichsten Weltsichten und Wel-**

tentwürfen der unterschiedlichsten zeitgenössischen Autoren, ob im Tanz oder im Schauspiel, widerspiegeln.« – ***Bitte bei jeder Vorstellung dafür sorgen, dass genügend Parkfläche für die Touristenbusse da ist! Die Volksbühne hat da die besten Erfahrungen gemacht in den letzten Jahren. Lieber ein volles Haus mit geilen Leuten vom Land als eine Hand voll Leute aus der Berliner Mitte! Der wahre Terrorismus kam immer vom Land.***

GERNOT *kleinlaut* Aber Papa, ich glaube Susi ist schwanger. Ich habe keinen Bock mehr auf Abtreibung. Ich glaube, wir leben in einer Männergesellschaft, aber in ein paar Jahren wird alles anders sein. *ruft leise nach Heisenberg, der irgendwo im Dunkel des Wohnzimmers sitzt*

Heisenberg kommt langsam angetrottet.

ROSMER *schwer atmend, autoritär* Drück deine Schenkel gegen meinen Bauch! Drück, drück! So wie früher, wenn wir gebadet haben. Weißt du noch, wie du an meinem Glied gespielt hast?

Gernot schiebt Heisenberg auf seinen Vater.

GERNOT *flüstert ihm zu* Ich greife nur Dinge an, wo jedwede Personendifferenz ausgeschlossen ist, wo jeder Hintergrund schlimmer Erfahrung fehlt. Im Gegenteil, Angreifen ist bei mir ein Beweis des Wohlwollens, unter Umständen der Dankbarkeit. Ich ehre, ich zeichne damit aus, dass ich meinen Namen mit dem einer Sache, einer Person verbinde …

ROSMER *ohne etwas von diesen Vorgängen zu merken, stöhnt* Dieses große Stück Fleisch, wenn das eindringt … *lacht*

Im Schlafzimmer schreit Margit vor Lust. Kroll ergreift die Flucht, aber es gibt kein Entrinnen.

MARGIT *jagt Kroll durchs Haus* Ja – ich weiß doch genau, was ihr wollt, ihr kleinen, versauten Bengels von der Hauptstadtpresse! *knallt ihn an die Wand*

KROLL Aua! Sie tun mir weh!

MARGIT *verfolgt Kroll über die Treppe* Kroll! Zwischen Ihren Schenkeln liegt ein Schatz. Sie duften wie Metall! Das ist der Duft eines Reifen. Holen Sie die Götter runter vom Himmel! Zeigen Sie den Göttern, wo's langgeht! Hol mich runter! Hol mich! ***Hier spielt Siegfried eine gewaltige Rolle: »Das Vordere schwimmt plötzlich hinten und das Hintere schwimmt plötzlich vorne. Der Vater liebt den Sohn und nicht der Sohn die Mutter! Raum und Zeit wurden durchdrungen!« Nichts anderes sagt Stockhausen. Jetzt geht's den Göttern an den Kragen. »Runterholen, runterholen!«, ruft Jesus Mohammed Siegfried! Gott Allah Wotan sind an der Reihe! Einmal Paternoster, aber nach unten, bitte. Dort, wo man sich beschmutzen muss, um endlich Mensch zu sein. Das ist ausgesprochen reinigend. Für beide Seiten.***

Wildes Stöhnen im Schuppen. Rosmer zieht sich die Hose wieder hoch.

ROSMER L'amour, l'amour! *nimmt den Schlitten an der Kordel und verschwindet beleidigt im geheimnisvollen Transformationsraum*

Margit erscheint befriedigt in der Tür zum geheimnisvollen Raum. ***Kroll hat starke Schmerzen im Schritt.***

MARGIT Ihr verlasst eure Frauen, ihr holt euch abends einen runter, ihr macht Kriege. Aber 90 Prozent von euch sind impotent! Es gibt nur eine Beziehung in meinem Leben, die mir wirklich etwas bedeutet – das ist die Beziehung zu meinem Sohn!

Musik aus.

BILD 8: **DIE HEIMAT BRICHT AUS**

Margit entdeckt Gernot.

MARGIT *als hätte sie ihn schon lange nicht mehr gesehen* Gernot? Bist du das? Gernot! *geht auf Kroll zu, versucht zu vermitteln* Darf ich dir vorstellen – das ist Herr Kroll von der FDP. *schiebt Kroll zu Gernot* Ein Freund deines Vaters. Ein Mann, der für seine liberalen Ideen eintritt. Nicht wahr, Dr. Kroll?

KROLL *macht sich erst steif, versucht dann aber, Haltung zu bewahren; legt den Arm kumpelhaft um Gernot, spricht leicht verunsichert ins Publikum* Ja, ja, das tun wir. Wir Liberalen stehen ein für unsere Liberalen. Zum Beispiel »Club 18«. Der ist für alle da. Gerade für solche Leute, die zum Beispiel in Ihrem Alter sind und nach einer Festung suchen. Unser Vorsitzender ist zum Beispiel homosexuell. *zu Gernot, freundlich* Sind Sie homosexuell?

Pause.

GERNOT Wie bitte? Du fragst mich, ob ich homosexuell bin?

KROLL Ja, macht ja nichts.

GERNOT *langsam* Horst Mahler und Christian Worch sind homosexuell.

KROLL … zum Beispiel.

GERNOT *wird sauer* Aber ich habe mir noch nie einen Schwanz in den Arsch schieben lassen, außer von meinem Vater! Weißt du überhaupt, wer ich bin? Gernot Ellison ist bekannt für seine Sprüche, seine Hobbys und sein Vermögen von 68 Mark! Ich bin Chef der größten rechtsradikalen Filmproduktion der Welt am Prenzlauer Berg! Ich habe Sonnenstudios in ganz Deutschland! Wir legen Wagnermusik unter die Flitzebögen! Ich glaube, du machst mich wütend und unausgeglichen …

KROLL *bekommt es mit der Angst zu tun* Wagner war auch liberal. Liberal sein heißt frei sein, offen für … vieles. Eigentlich haben wir Angst, aber wir tun so, als hätten wir sie im Griff. Manchmal ändern wir auch unsere Haltung, aber nur wegen der Angst. Und da wir die nicht zulassen wollen, ändern wir lieber unsere Meinung. *boxt Gernot, der schon wieder eingeschlafen ist, kumpelhaft gegen die Brust* Hey, Gernot! Komm, mach mit! Sei auch mal liberal!

GERNOT *ist kurz aufgeschreckt, nuschelt wie Heisenberg* Ihr Liberalen seid doch alle Faschisten ohne Rückgrat!

MARGIT *intim*
Sehen Sie, Kroll, das ist die Qualität des Theaters. Hier kann man Dinge tun, die draußen schon lange keinen mehr interessieren.
Sehen Sie, Kroll, das ist die Qualität des Theaters. Hier kann man Dinge tun, die draußen schon lange keinen mehr interessieren.
Sehen Sie, Kroll, das ist die Qualität des Theaters. Hier kann man Dinge tun, die draußen schon lange keinen mehr interessieren.
Sehen Sie, Kroll, das ist die Qualität des Theaters. Hier kann man Dinge tun, die draußen schon lange keinen mehr interessieren.
Sehen Sie, Kroll, das ist die Qualität des Theaters. Hier kann man Dinge tun, die draußen schon lange keinen mehr interessieren.
Sehen Sie, Kroll, das ist die Qualität des Theaters. Hier kann man Dinge tun, die draußen schon lange keinen mehr interessieren.
Sehen Sie, Kroll, das ist die Qualität des Theaters. Hier kann man Dinge tun, die draußen schon lange keinen mehr interessieren.
Sehen Sie, Kroll, das ist die Qualität des Theaters. Hier kann man Dinge tun, die draußen schon lange keinen mehr interessieren.
Sehen Sie, Kroll, das ist die Qualität des Theaters. Hier kann man Dinge tun, die draußen schon lange keinen mehr interessieren.
Sehen Sie, Kroll, das ist die Qualität des Theaters. Hier kann man Dinge tun, die draußen schon lange keinen mehr interessieren.
Sehen Sie, Kroll, das ist die Qualität des Theaters. Hier kann man Dinge tun, die draußen schon lange keinen mehr interessieren.
Sehen Sie, Kroll, das ist die Qualität des Theaters. Hier kann man Dinge tun, die draußen schon lange keinen mehr interessieren.
Sehen Sie, Kroll, das ist die Qualität des Theaters. Hier kann man Dinge tun, die draußen schon lange keinen mehr interessieren.
Sehen Sie, Kroll, das ist die Qualität des Theaters. Hier kann man Dinge tun, die draußen schon lange keinen mehr interessieren.
Sehen Sie, Kroll, das ist die Qualität des Theaters. Hier kann man Dinge tun, die draußen schon lange keinen mehr interessieren.
Sehen Sie, Kroll, das ist die Qualität des Theaters. Hier kann man Dinge tun, die draußen schon lange keinen mehr interessieren.
Sehen Sie, Kroll, das ist die Qualität des Theaters. Hier kann man Dinge tun, die draußen schon lange keinen mehr interessieren.
Sehen Sie, Kroll, das ist die Qualität des Theaters. Hier kann man Dinge tun, die draußen schon lange keinen mehr interessieren.
Sehen Sie, Kroll, das ist die Qualität des Theaters. Hier kann man Dinge tun, die draußen schon lange keinen mehr interessieren.
Sehen Sie, Kroll, das ist die Qualität des Theaters. Hier kann man Dinge tun, die draußen schon lange keinen mehr interessieren.
Sehen Sie, Kroll, das ist die Qualität des Theaters. Hier kann man Dinge tun, die draußen schon lange keinen mehr interessieren.
Sehen Sie, Kroll, das ist die Qualität des Theaters. Hier kann man Dinge tun, die draußen schon lange keinen mehr interessieren.
Sehen Sie, Kroll, das ist die Qualität des Theaters. Hier kann man Dinge tun, die draußen schon lange keinen mehr interessieren.
Sehen Sie, Kroll, das ist die Qualität des Theaters. Hier kann man Dinge tun, die draußen schon lange keinen mehr interessieren.
Sehen Sie, Kroll, das ist die Qualität des Theaters. Hier kann man Dinge tun, die draußen schon lange keinen mehr interessieren.
Sehen Sie, Kroll, das ist die Qualität des Theaters. Hier kann man Dinge tun, die draußen schon lange keinen mehr interessieren.
Sehen Sie, Kroll, das ist die Qualität des Theaters. Hier kann man Dinge tun, die draußen schon lange keinen mehr interessieren.
Sehen Sie, Kroll, das ist die Qualität des Theaters. Hier kann man Dinge tun, die draußen schon lange keinen mehr interessieren.
Sehen Sie, Kroll, das ist die Qualität des Theaters. Hier kann man Dinge tun, die draußen schon lange keinen mehr interessieren.
Sehen Sie, Kroll, das ist die Qualität des Theaters. Hier kann man Dinge tun, die draußen schon lange keinen mehr interessieren.

Sehen Sie, Kroll, das ist die Qualität des Theaters. Hier kann man Dinge tun, die draußen schon lange keinen mehr interessieren.
Sehen Sie, Kroll, das ist die Qualität des Theaters. Hier kann man Dinge tun, die draußen schon lange keinen mehr interessieren.
Sehen Sie, Kroll, das ist die Qualität des Theaters. Hier kann man Dinge tun, die draußen schon lange keinen mehr interessieren.
Sehen Sie, Kroll, das ist die Qualität des Theaters. Hier kann man Dinge tun, die draußen schon lange keinen mehr interessieren.
Sehen Sie, Kroll, das ist die Qualität des Theaters. Hier kann man Dinge tun, die draußen schon lange keinen mehr interessieren.
Sehen Sie, Kroll, das ist die Qualität des Theaters. Hier kann man Dinge tun, die draußen schon lange keinen mehr interessieren.
Sehen Sie, Kroll, das ist die Qualität des Theaters. Hier kann man Dinge tun, die draußen schon lange keinen mehr interessieren.
Sehen Sie, Kroll, das ist die Qualität des Theaters. Hier kann man Dinge tun, die draußen schon lange keinen mehr interessieren.
Sehen Sie, Kroll, das ist die Qualität des Theaters. Hier kann man Dinge tun, die draußen schon lange keinen mehr interessieren.
Sehen Sie, Kroll, das ist die Qualität des Theaters. Hier kann man Dinge tun, die draußen schon lange keinen mehr interessieren.
Sehen Sie, Kroll, das ist die Qualität des Theaters. Hier kann man Dinge tun, die draußen schon lange keinen mehr interessieren.
Sehen Sie, Kroll, das ist die Qualität des Theaters. Hier kann man Dinge tun, die draußen schon lange keinen mehr interessieren.
Sehen Sie, Kroll, das ist die Qualität des Theaters. Hier kann man Dinge tun, die draußen schon lange keinen mehr interessieren.
Sehen Sie, Kroll, das ist die Qualität des Theaters. Hier kann man Dinge tun, die draußen schon lange keinen mehr interessieren.
Sehen Sie, Kroll, das ist die Qualität des Theaters. Hier kann man Dinge tun, die draußen schon lange keinen mehr interessieren.
Sehen Sie, Kroll, das ist die Qualität des Theaters. Hier kann man Dinge tun, die draußen schon lange keinen mehr interessieren.
Sehen Sie, Kroll, das ist die Qualität des Theaters. Hier kann man Dinge tun, die draußen schon lange keinen mehr interessieren.
Sehen Sie, Kroll, das ist die Qualität des Theaters. Hier kann man Dinge tun, die draußen schon lange keinen mehr interessieren.
Sehen Sie, Kroll, das ist die Qualität des Theaters. Hier kann man Dinge tun, die draußen schon lange keinen mehr interessieren.
Sehen Sie, Kroll, das ist die Qualität des Theaters. Hier kann man Dinge tun, die draußen schon lange keinen mehr interessieren.
Sehen Sie, Kroll, das ist die Qualität des Theaters. Hier kann man Dinge tun, die draußen schon lange keinen mehr interessieren.

Obwohl draußen schon immer mehr los war als in unseren Herzen hier oben vor den Augen von tausend Morgentaus.

Gernot schläft ein und stürzt in einen Blumentopf.

Musik: Philip Glass, Violinkonzert. Leichter Wind kommt auf.

Ein ständiges Atmen, ein An- und Abschwellen, Sprache kommt, Sprache geht … Innen brodelt es. Man redet um sein Leben, um das eines anderen zu zerstören. Der Plan ist schon lange fertig, doch die, die ihn ausführen sollen, lassen auf sich warten. Deshalb muss man Kraft sammeln und ziellos in die Menge schießen. Siehe Israel/Palästina. Das ist eine ganz spezielle Form des Optimismus.

MARGIT *ruft plötzlich* Susi, sag's ihm!

Susi kommt im Kampfdress auf die Bühne und bedroht Kroll mit einem Samurai-Schwert.

SUSI *schreit* Du Vergewaltiger! Du verdammter Vergewaltiger! Du hast mich geschändet! Jetzt bin ich schwanger, weil ich dachte, du könntest mir helfen!

GERNOT *wacht auf, erinnert sich* Wie bitte? Was?

KROLL *versucht abzuwiegeln* Nein. Das stimmt doch gar nicht! Ich bin liberal! Ich bin doch – verdammt nochmal – liberal!

Unbedingt in den nächsten Monaten die Gründung der SLEEPERS CHURCH – CHURCH OF FEAR vorbereiten! Hier geht es um Personen, die einschlafen und erst dann wieder aufwachen, wenn sie die Politiker auf der Mattscheibe nicht mehr erkennen. Sie handeln zwanghaft aus sich heraus, weil sie die Anweisungen von außen nicht mehr verstehen. Unbedingt auch weitere Informationen zum Tourette-Syndrom (TS) sammeln! Das Tourette-Syndrom (TS) ist eine neuropsychiatrische Erkrankung, die durch Tics charakterisiert ist. Bei den Tics handelt es sich um unwillkürliche, rasche, meistens plötzlich einschießende und mitunter sehr heftige Bewegungen, die immer wieder in gleicher Weise einzeln oder serienartig auftreten können. Die Symptome beinhalten:

1. sowohl multiple motorische (Muskelzuckungen) als auch einen oder mehrere vokale (Lautäußerungen) Tics. Diese stellen sich im Verlaufe der Erkrankung ein, obwohl sie nicht notwendigerweise gleichzeitig vorkommen müssen;
2. das Auftreten von Tics mehrfach am Tag (gewöhnlich in Serien), fast jeden Tag oder immer wieder über einen Zeitraum von mehr als einem Jahr;
3. periodische Wechsel hinsichtlich Anzahl, Häufigkeit, Art und Lokalisation der Tics wie auch hinsichtlich des Zu- und Abnehmens ihrer Ausprägung. Die Symptome können manchmal für Wochen oder Monate verschwinden, aber auch unvermutet wieder auftreten;
4. die Erkrankung beginnt meistens im siebten oder achten, fast immer aber vor dem 21. Lebensjahr. Die Bezeichnung »unwillkürlich«, die zur Beschreibung der Tics verwandt wird, führt manchmal zu Missverständnissen, da die meisten Personen, die von einem TS betroffen sind, eine gewisse Eigenkontrolle über ihre Symptome haben. Vielfach bedeutet Eigenkontrolle, die für Sekunden bis Stunden vom Patienten wahrgenommen werden kann, in der Regel nur ein zeitliches Hinausschieben schwerer »Tic-Entladungen« und führt selten dazu, daß der unterdrückte Tic überhaupt nicht nach außen kommt. Meist ist der Drang nach der Ausübung des Tics so stark, dass schließlich die Muskelzuckung oder die Lautäußerung doch stattfinden muss (vergleichbar mit dem Drang zum Niesen bzw. mit einem Schluckauf). Menschen mit einem TS suchen oft eine geschützte Umge-

bung (z. B. Familie), um ihren Symptomen freien Lauf zu lassen, nachdem sie versucht haben, sie bei der Arbeit oder in der Schule zu unterdrücken. Typischerweise nehmen Tics bei ärgerlicher oder freudiger Erregung, innerer Anspannung oder Stress zu. In entspanntem Zustand (z. B. morgens nach dem Aufstehen) oder bei Konzentration auf eine interessante Aufgabe lassen sie eher nach. Kinder zeigen oftmals in der Schule weniger Tics als zu Hause; insbesondere am Abend, wenn die spontane Eigenkontrolle nachlässt, können die Tics vermehrt zum Vorschein kommen.

Heftige Musik: Minimal Phunk, »Come to daddy«.
Dunkel. Stroposkop. Susi schlägt wild mit dem Schwert um sich und hetzt Kroll durchs ganze Haus.

SUSI Nein! Nein! Du bist Fucker! Du bist Fucker! FUCK! FUCK! FUCK!

Gernot rennt hinterher.
Margit kommt aus der Küche, kniet sich an die Rampe und bemalt ihr Gesicht in irrer Verzückung mit rotem Lippenstift wie Peanuts Mutter in David Lynchs »Wild at heart«.

MARGIT *unter lauter Musik, beschwörend ins Publikum* Du musst ihn töten! Du musst ihn töten! Ich flehe dich an, Stanton! Bitte tu's für mich! Sofort! Tu's sofort!

BILD 9: **DIE SEHNSUCHT NACH ANDREAS BAADER**

Mit einem lauten chinesischen Gong bricht die Musik ab. Es wird hell. Vorderfront des Hauses.
Leise, meditative Musik: Riley Lee, »Voices of the night«. Leichter Wind. Grillenzirpen.
Rosmer und Susi stehen nebeneinander im Garten und vollführen stumm ein japanisches Beschwörungsritual. Rosmer ist weiß gekleidet, trägt eine weiße Binde um die Schläfen. Kroll taumelt mit blutverschmiertem Gesicht und zerrissenem Hemd aus der Haustür und wankt

nach vorne. Margit kauert versteinert an der Rampe und blickt wirr hin und her. ***Zwei Filmstreifen. Geteilte Leinwand wie in den späten 70ern.***

KROLL *tonlos* Rosmer. Was machst du da? Ich hätte dich gut gebrauchen können! Schau mich an! Schau mich an, verdammt noch mal! Wie seh ich jetzt aus? Ist das der Initiator einer großen Zeitung? Ein Mann mit Visionen? Sieht so ein Mann mit Visionen aus? *schaut auf seine blutigen Hände* Zwei Stunden nach der Eröffnung der Redaktion? Rosmer! Ich sehe ein großes Problem vor uns.

Margit bleibt in der Hocke und kriecht langsam nach hinten, wobei sie das Gespräch zwischen Rosmer und Kroll mit wahnsinnigem Blick verfolgt. Am Graben angekommen, setzt sie sich auf einen Stein.

ROSMER *ohne sich beim Ritual stören zu lassen, ganz im Einklang mit sich selbst* Aber es kommt aus dem Herzen! Man wird schlecht darüber sprechen, aber die, die darüber sprechen, haben selbst Angst vor diesen Ausbrüchen. ***Natürlich sind hier diejenigen gemeint, die unter dem Druck stehen, jeden Tag ihre Meinung in Buchstabenform abzugeben. Jeden Tag auf alten, durchgewetzten, unbequemen Stühlen in abgedunkelten Räumen mit sturem Blick nach vorne bei extremen Po- und Nackenschmerzen glotzen sie auf die Gedanken anderer, ohne dabei selbst zu denken. Das stumpft ab.*** Der Mensch ist nicht gefeit vor den tiefen Tiefen, die in einem schlummern. Meine Augen werden immer schlechter! Ich habe fast das Gefühl, dass meine Augen versagen, je mehr sie an Wahrheit aufnehmen können. Kann das sein?

KROLL Hör zu, Rosmer: Es geht hier um die Neuentwicklung einer großen, bedeutenden Zeitung. Einer Zeitung, in der das Private keinen Platz mehr hat. Was hier geschehen ist, ist aber privat. Ich will aber nicht privat sein. Ich will raus aus dieser Betroffenheitsscheiße. Wir sind losmarschiert, weil wir siegen wollten, Rosmer, und nicht, weil wir scheitern wollten! Ich lasse das nicht zu. Ich werde jedes Mittel einsetzen, damit meine Ansprüche glaubhaft bleiben.

ROSMER Ihr Lebenden seid doch toter, als es die Toten jemals gewesen sind. *stoppt plötzlich das Ritual, dreht sich interessiert zu Kroll* Sag – hab ich Ähnlichkeit mit Andreas Baader?

KROLL Baader? Nein, Rosmer. Du erinnerst mich eher an Leo Kirch. Du bist fast blind, deine Frau ist im Eimer, deine Sehnsucht nach Ruhe lässt dich zombiehaft transformieren. Ist dir schon mal aufgefallen, dass deine Frau dich in der weiblichen Person anspricht?

ROSMER In der weiblichen Person?

KROLL Ja. Sie redet in der weiblichen Person mit dir. Sie sagt »sie« zu dir oder »Sie«. Kann es sein, dass du dich seitenweise für das Genom interessierst, weil du darauf hoffst, einen Fehler der Natur ausbügeln zu können?

Der Vorhang schließt sich langsam hinter beiden.

KROLL Jetzt mal von Mann zu Mann, Rosmer: Wie lange arbeitest du schon an dem terroristischen Comeback deiner Frau? Ihre armseligen Ostgeschichten, ihr unglückliches Dasein …

Rosmer und Kroll stehen vor dem Vorhang.

ROSMER Seit 1983. Ich musste meinen Beruf als Sportlehrer aufgeben wegen meines Miniskus. Margit hat mich hergeholt. Ich habe erst im Garten gearbeitet. Dann, nach drei Jahren, durfte ich das Haus betreten. Es bedeutet mir sehr viel, hier, in einer anderen Welt, akzeptiert zu werden. Die Welt da draußen ist nicht für Auseinandersetzungen geschaffen.

KROLL Meinst du wirklich? Meinst du wirklich, das Äußere simuliert nur die Fähigkeit, die innere Angst zu besiegen? Oh mein Gott, das ist furchtbar. Wenn das stimmt, dann befinden wir uns – egal was wir auch tun – in der Hand unserer Angst.

ROSMER Ja, das glaube ich.

KROLL Ach Rosmer, *küsst ihn* dafür liebe ich dich. *umarmt ihn*

ROSMER Ich dich auch.

KROLL Für so einen Satz liebe ich dich.

ROSMER Ich liebe dich auch. *ins Publikum, unheimlich* Auch wenn das Grauen erst noch vor uns liegt …

Der Vorhang öffnet sich einen Spalt, verschluckt Rosmer und Kroll, schließt sich wieder.

BILD 10: ICH WILL DEN PULITZERPREIS – DIE KANZLERGATTIN WIRD ENTFÜHRT

Was während der Premiere geschah: Katastrophe hinter der Bühne. Schlägerei. Schlingensief will die Vorstellung abbrechen. Er ist der Meinung, der Text sei vom Publikum nicht genügend gewürdigt worden. Der Darsteller des Rolli Koberg bittet um Ruhe, weil er nun die Entführungsszene mit der Kanzlergattin spielen müsse, wird aber von Schlingensief im Affekt zu Boden geworfen und verletzt sich am Rücken. Die Aufführung wird unterbrochen. Der Künstlerische Direktor geht auf die Bühne und gibt bekannt, es läge ein technisches Problem vor. Der Notarzt kommt. Fast zehn Minuten Pause. Die Darsteller improvisieren Gänge auf der Bühne, der Tonmeister spielt berühmte Filmmusiken ein, die Beleuchtungsabteilung setzt den Laser ein und projeziert geometrische Formen auf die Vorderbühne. Nach weiteren fünf Minuten springt Schlingensief selbst auf die Bühne und improvisiert den folgenden Text. Zum Vergleich haben wir den Originaltext auf die linke Seite und den improvisierten Text auf die rechte Seite gestellt. Der Original-Darsteller des Rolli Koberg wird ins Krankenhaus gefahren. Sein Zustand ist kritisch. Bis zum Ende des Stücks ist nicht klar, ob er gelähmt sein wird.

Es wird dunkler. Eklige, düstere Musik: Hans Zimmers Filmmusik Hannibal II, »Aria da capo«.

ROLLI *schreit aus dem rechten Off* Los! Pack sie an! Pack sie richtig an! Das reicht nicht. Es reicht nicht für den Preis. Pack sie an!

DORIS *aus dem linken Off* Was soll denn das? Lassen Sie mich los!

Von der rechten Seite nähert sich filmend der ehrgeizige Pulitzerpreisanwärter Rolli Koberg, eine Kamera auf der Schulter, das Auge am Sucher. Von links zerrt Isidor ***aus dem »Juden von Malta«, der Inszenierung von Peter Zadek, Premiere am 14.12.2001 am Wiener Burgtheater*** *im Beduinenkostüm die gefesselte und geknebelte Kanzlergattin auf die Vorderbühne.*

DORIS *wehrt sich und schreit* Sie tun mir weh! Sie sind wohl komplett übergeschnappt!

Isidor drückt Doris brutal auf den Boden und verschwindet wieder. Rolli lässt die Kamera sinken und kniet sich zu ihr.

ROLLI Halt dir die Hand vor die Linse, sonst brenn ich dir'n Loch mit meiner Zigarette rein. Ich hab dich geholt, und wenn du versagst, dann hängst du ganz tief in der Scheiße. Ich will optimale Leistung von dir. Ist das klar?

Doris nickt verängstigt.

ROLLI Sonst lass ich die Uhr einfach ein bisschen schneller ticken. Wenn du das Tempo nicht halten kannst, Herzinfarkt, klar? Dann hol ich den gemeinen Herzbuben raus. *brüllt* Ob das klar ist? *drückt Doris zu Boden, steht auf, umkreist sie* Sie müssen wissen, dass das hier nicht sinnlos ist. Sie werden sozusagen sinnvoll gequält. Wissen Sie eigentlich, wie viele Leute sich daran abarbeiten werden? An so einem Bild? So ein Bild ist unbezahlbar! *kniet sich hinter Doris, streicht nachdenklich mit der Hand über ihren Körper; beinahe zärtlich* Das ist von Raum und Zeit durchdrungen. *drückt ihr Gesicht nach unten, kalt* Die Qualität dieser Bilder ist mehr als bloße Zielerreichung. Hier beginnt

SCHLINGENSIEF *schreit aus dem rechten Off* O.k.! Yo! O.k. Ich will's härter! Komm, Baby, komm! Ich will's fertiger! Komm! Ich will's fertiger! Heul doch, komm! Du bist fertig! Dein Mann hat dich fertiggemacht! Du bist im Eimer, aber noch ahnst du nicht, wie sehr du bereits im Eimer bist! Da kannst du dein verdammtes Kinderbuch in die Tonne kloppen! Jetzt komm! Komm! Komm! Ich mach dich platt! Ich zeig uns allen, wie platt du bist! Komm! Keine Gnade! Keine Gnade!

Bis jetzt ist das Publikum noch verunsichert. Wer schreit denn da? In Reihe 19 onaniert eine Frau ... Der Hausdienst der Volksbühne überlegt, die Hauptsirene anzuschalten. Das hätte aber den Abbruch der Premiere zur Folge. Sicherheitskräfte müssten die Zuschauer auffordern, das Gebäude zu räumen, die Schauspieler würden evakuiert, man würde auf die Straße rennen, und wenn man herauskäme, wäre nach Heiner Müller die Stadt verschwunden. Schlingensief wartet, zögert, die Kriminalpolizei versucht, ihn zurückzuhalten, doch nun gibt es kein Zurück mehr. Entweder Premiere oder die Jahrtausende alte Einrichtung Theater wäre für immer zerstört. Das alte Gesetz des Theaters fordert seinen Tribut: Lappen hoch, Lappen runter! Lappen = Vorhang = Guillotine des Theaters ...

Schlingensief betritt mit einer Filmkamera im Anschlag die Vorderbühne. Eine 15 cm große Hamafilmleuchte beleuchtet die Hanns Martin Schleyer-Gedenkstätte. Von links zerrt Isidor im Beduinenkostüm die gefesselte und geknebelte Kanzlergattin auf die Vorderbühne.

SCHLINGENSIEF Los jetzt, runter, ja! Ja!

DORIS *wehrt sich und schreit* Sie tun mir weh! Sie sind wohl komplett übergeschnappt.

SCHLINGENSIEF Was heißt hier übergeschnappt? Wir haben Antennen auf dem Kopf, von denen die Politik nur noch träumen kann! Das ist unser Auftrag! Antennenpflege und Ausrichtung auf den intensivsten Punkt der Unwahrheit! Runter bitte! Bitte runter! Ich bitte um Nieder-

das Ziel zu schwimmen. *scheint selbst etwas verwirrt* Wie ein schwarzes Loch. Die Welt hält inne, *nimmt die Kamera wieder auf, filmt konzentriert* aber in Wirklichkeit wird sie auf einen Punkt verdichtet. *ruft* Los, Isidor, komm, stell dich ins Bild! Quäl sie!

Doris liegt wie tot am Boden. Isidor kommt zurück, richtet sie wieder auf.

ISIDOR Glaubt der Zeitungsleser wirklich, die Vögel in der Luft, die Schwalben auf dem Dach erzählen von Morden, wenn sie schon geschehen sind? Schwachsinn!

ROLLI Los Isidor! Los, runter! Mach den Mohammed! Mach ihr den Mohammed!

ISIDOR *setzt sich dicht neben Doris und legt ihr einen Brief in den Schoß* Yallah, Yallah! *schneidet wilde Grimassen*

DORIS *wimmert etwas unecht* ***wie Frau Wallert damals in Indonesien*** Hilfe! Gerhard! Hilfe!

ROLLI Los – lies das!

ISIDOR Los, sonst mach ich dich alle!

ROLLI Nimm ihr das Ding aus dem Mund!

Isidor nimmt Doris den Knebel aus dem Mund.
Musik: KZ-Musik ***Mit »KZ-Musik« ist das Stück »Lullaby Elegy« aus dem Film »Alien 3« gemeint, das wir seit »Rocky Dutschke '68« benutzen. Damals in »Rocky Dutschke '68« wurden die Namen der sechs Millionen im Zweiten Weltkrieg ermordeten Juden verlesen. Dadurch verzögerte sich die Premiere um ca. drei Wochen.***

knien, damit der Sender den Empfänger besser erkennt! Los Isidor, mach ihr den Mohammed!

Isidor drückt Doris brutal auf den Boden und verschwindet wieder.

SCHLINGENSIEF Jetzt hast du den Zielpunkt vor Augen, denn der Zielpunkt bist du! Such deinen Gott! Nicht oben, nicht unten, such ihn in dir! Weiter jetzt, weiter jetzt! Das sind die Bilder, die die Leute wollen. Das sind die Bilder, die in uns wohnen und die wir nicht bereit sind, schon vorher zu sehen! Ich meine die ganzen Bilder, die wir auf unserer Netzhaut haben! Das ganze Zeug, das wir nicht sehen können, weil die Bilder, die uns umgeben, die Dunkelheit vermeiden! *lässt die Kamera fallen, drückt Doris auf den Boden* Pass mal auf, mein kleines Baby! Die Sozialdemokratie hat schon immer einen gepflegten Terrorismus hervorgebracht. Warum nicht auch dieser? Pass mal auf! Guck mal hier, was ich jetzt mache … Na? … Jetzt wird's hart! Jetzt wird's superhart … zwischen meinen Beinen! *stellt sich breitbeinig vor sie, fummelt an seinem Hosenladen herum und droht seinen Schwanz herauszuholen* Jetzt wird's hart! … Jetzt wird's superhart! … Ich spür das doch! … Ich spür das ganz, ganz hart! …

DORIS *mit Knebel im Mund* Bitte, bitte nicht! *versucht wegzurobben*

Schlingensief schnurrt den Reißverschluss nach unten, wartet einen Moment und fährt ihn dann wieder nach oben. Doris wird ohnmächtig.

SCHLINGENSIEF *kniet sich zu ihr hinunter* Du kannst dir gar nicht vorstellen, wie das ist … wie sie sich an solchen Bildern abarbeiten werden da draußen! Du kannst dir gar nicht vorstellen, wie da draußen die Zeitungsbänder heißlaufen! Aber das ist nicht das, was es zu sehen vorgibt! Die Provokation ist am Ende! Die Provokation findet am eigenen Körper statt! Jeder Versuch, sie auf andere abzuwälzen, ergibt keinen Sinn mehr! Auch wenn ich das jetzt transzendent meine. Ich meine das in einer verschlüsselten Form! Ich bin nicht mehr bereit zu zeigen, wozu an-

DORIS *liest mit stockender Stimme* ***Originaltext von Hanns Martin Schleyer*** »Lieber Gerhard, ich bin viel in Gedanken bei euch. Das Ziel der Entführer wird sie nach Ablehnung der Forderungen und meiner Liquidierung nur veranlassen, das nächste Opfer zu holen. Nach allem, was ich heute weiß, wird dieses Ziel erreicht. Es gibt, wie man gesehen hat, keinen absoluten Schutz, wenn man so sorgfältig und konsequent arbeitet wie diese Terroristen. Das solltest du ebenso wissen wie deine politischen Freunde. Die Verantwortlichen in unserem Land können aber nicht nur in Höhlen leben und werden daher immer Blößen zeigen. Ruhe an dieser Front wird es so schnell nicht geben. Bleibt ihr gesund und optimistisch. Hoffentlich auf bald. Deine Doris.« *blickt in die Kamera*

ROLLI *gibt Regieanweisungen* Das war gut. Das reicht. Los jetzt, Isidor, hoch! Steh auf!

Isidor zieht Doris nach oben.

ROLLI *treibt beide mit der Kamera ins Off* Ja – geh, weiter, weiter … *aus dem Off* Schnitt. Danke.

dere niemals bereit wären! *brüllt* Pass mal auf, ich hol jetzt den gemeinen Herzkasper raus! Ich brenn dir mit meiner Zigarette ein Loch in deine Pupille. Ich lass meine Uhr ganz einfach schneller ticken! Weißt du, was das heißt? Die ganze Welt ist transzendent zu begreifen. Raum und Zeit verschwinden … verschwimmen … verschwinden … verschwimmen … Verschwinden oder verschwimmen? Das müsste man Schaper mal fragen, dieses Oberarschloch! *springt von der Bühne und schlägt auf Schapers Frau ein* Du bist schuld an der Wiedervereinigung! Das müsste man deinen Mann mal fragen, ob die Zeit verschwindet oder verschwimmt! Da bin ich mir aber selber nicht sicher im Moment. *Rast wieder zurück auf die Bühne, will die Kamera wieder aufnehmen*

Die Kabel fallen aus der Kamera. ***In diesem Moment entdeckt Schlingensief, dass in der Kamera ein Sprengsatz deponiert war. Man wollte ihn und 6000 Zuschauer in die Luft sprengen. Ein Anschlag auf die Menschlichkeit des Theaters. Jetzt heißt es reagieren – entweder die Kamera aus dem Theater tragen oder sich der Gewalt stellen!***

SCHLINGENSIEF Was ist das denn hier? Vorsicht! *lässt die Kamera fallen* Vorsicht, Kabel! Kabel! *kriecht auf Doris zu* Man will uns und 6000 Zuschauer in die Luft sprengen! Man will diese Premiere zu einem Fanal machen. Aber wozu? Um das Theater zu zerstören? Ich weiß es nicht! Und deshalb werde ich jetzt hier ein Kabel herausziehen. Aber ich weiß nicht, ob es das rote oder das weiße ist. Vielleicht müssen wir alle sterben. Ich bin bereit zu sterben. Ich bin bereit zu sterben, aber wer ist noch bereit zu sterben? Ich bin bereiter zu sterben als alle anderen da draußen! *haut mit der Faust auf den Boden* Ich wollte an dieser Stelle schon lange eine Kulturrevolution. Dreimal habe ich es gefordert, aber bereits beim vierten Mal habe ich mir selbst zugehört! Eine Kulturrevolution wird es nicht geben! Allerhöchstens einen Krieg der Kulturen. Und das wäre keine Revolution! Jedenfalls nicht in diesem Moment! *leuchtet ihr zwischen die Beine* Neben deinen Beinen machen wir das …

Doris schreit auf.

SCHLINGENSIEF Es gibt nämlich keine Provokation mehr. Es gibt nur noch das, was man dafür hielt, verstehst du?

DORIS *wimmernd* Ja.

Schlingensief nimmt das weiße Kabel und reißt es heraus. Nichts geschieht. ***Totale Stille im Publikum und auf der Bühne. Totenstille. Die auf Provokation spezialisierte Gesellschaft ist voller Angst.***

Isidor kommt auf die Bühne.

ISIDOR *spricht in die Kamera* Glaubt der Zeitungsleser wirklich, die Vögel in der Luft, die Schwalben auf dem Dach erzählen von Morden, wenn sie schon geschehen sind? Schwachsinn!

DORIS *jammernd* Ich will nach Hause. Ich will nach Hause …

SCHLINGENSIEF Wir wollen alle nach Hause! Zuhause ist unser Ziel, und erst, wenn das explodiert ist, geht unser Weg endlich weiter! Aber bis wir so weit sind, ist es noch ein weiter Weg!

ISIDOR Komm! *packt Doris von hinten im Polizeigriff*

SCHLINGENSIEF *unterbricht* Was heißt hier »Komm«? Nicht so spielen, als wüsstest du schon, was kommt. Wir müssen das so spielen, als wäre es das erste Mal. Das entwickeln wir hier. Das ist eine Entwicklung! Das ist etwas ganz Neues. So eine Entführung hat es noch nicht gegeben. So müsst ihr das spielen!

Isidor klemmt sich hinter Doris und legt ihr einen Zettel in den Schoß

SCHLINGENSIEF Die Leute müssen denken: »Wie bitte? Eine Entführung? Hä? Was ist denn das?« Und dann müssen wir ihnen das erstmal erklären: Eine Entführung ist, wenn sich zwei Leute sehr gut verstehen! *schreit* Die Wahl wird nämlich nicht schon morgen entschieden!

Die Wahl wird erst am 22. September entschieden! Los, lies das! Los! Du sollst das lesen! *bedrängt sie mit der Kamera*

Isidor nimmt der Kanzlergattin den Knebel aus dem Mund.
Musik: »Alien 3«, »Lullaby Elegy«.

DORIS »Lieber Gerhard …

SCHLINGENSIEF Weiter, weiter, weiter! Mach es schön! Mach es schön! Los! Lauter!

DORIS *lauter **Verzweiflungspoesie.*** »Lieber Gerhard, *liest erschöpft, mit stockender Stimme* ich bin viel in Gedanken bei euch. Das Ziel der Entführer wird sie nach Ablehnung der Forderungen und meiner Liquidierung nur veranlassen, das nächste Opfer zu holen. Nach allem, was ich heute weiß, wird dieses Ziel erreicht. Es gibt, wie man gesehen hat, keinen absoluten Schutz, wenn man so sorgfältig und konsequent arbeitet wie diese Terroristen. Das solltest du ebenso wissen wie deine politischen Freunde. Die Verantwortlichen in unserem Land können aber nicht nur in Höhlen leben und werden daher immer Blößen zeigen. Ruhe an dieser Front wird es so schnell nicht geben. Bleibt ihr gesund und optimistisch.« *weinend* Oh Gott! »Hoffentlich auf bald. Deine Doris.« *blickt in die Kamera*

SCHLINGENSIEF *nimmt den Brief und ist erstaunt über so viel poetische Kraft* Aber das ist groß! Das war ganz ganz groß! Selten habe ich so viel Ehrfurcht und Demut gespürt! *überlegt und studiert den Brief* Das ist ja der Brief von Hanns Martin Schleyer, den Kluge in »Deutschland im Herbst« gesprochen hat. Das ist das Schönste, was ich jemals aus dem Mund eines Mächtigen gehört habe! Das ist

METATEXT! METATEXT!

Schlingensief muss weinen. Auch das Publikum ist gerührt. So viel Wahrheit an einem Abend. Kaum auszuhalten! Schlingensief denkt

an seine Kindheit, an all die einsamen Jahre im Heim. Erst nach fünf Minuten bekommt er sich wieder in den Griff.

SCHLINGENSIEF *steht auf und brüllt* Und jetzt aber ganz harter Abgang! *treibt Isidor und Doris mit der Kamera von der Vorderbühne* Ganz harter Abgang! Warum wurde denn keiner vom Theater oder vom Film zum 11. September befragt. Warum hat denn keiner gefragt, was wir dazu sagen? Wir hätten Ihnen sagen können, dass das alles ein großer Fake war!

DORIS Was?

SCHLINGENSIEF Das hat doch keinen interessiert. Schleyer! Das hat uns alle interessiert. Und du wirst uns auch wieder interessieren, du! Spätestens am 22. September, wenn Gerhard dich verlassen wird. Spätestens dann hast du ausgedient, Du Fratze!

Isidor zieht Doris von der Bühne. Schlingensief verfolgt sie mit voll gepisster Hose. Alle drei ab. Laute Schreie. KZ-Musik lauter, stoppt.

SCHLINGENSIEF *ruft aus der Seitengasse so wie Gründgens die Szene beendet hätte* Dan-kä!

Schlingensief wird hinter der Bühne von einem Herrn der Kriminalpolizei in Empfang genommen und bis zu seinem nächsten Auftritt verhört. In einer Zeitung wird stehen: »Es wurde ernster, als es sich alle vorgestellt hatten. ›Rosebud‹ trat aus der Ironiezone heraus und wurde härter, als geplant war.« Allmählich bekam man Angst, dass die Provokation aus purer Nichtprovokation bestand und der wahre Kampf gegen das System hinter der Bühne stattfand. Hätte man die Vorgänge nicht gehasst, hätte man den Abend auch revolutionär nennen können. Doch so begann der Berliner Organismus seine Abwehrreaktionen zu starten. Man simulierte Desinteresse, auch wenn dem einen oder anderen Berlin-Mitte-Intellektuellen kleine Schweißtropfen von der Stirn rollten. Plötzlich ein Schrei …

Die Vorbühne ist leer. Es wird dunkel. Die Musik wird lauter. Im Dunkeln öffnet sich der Vorhang. Nur das Logo der ZAS steht wie eine einsame Boulette am Himmel. Langsam steigt am Rundhorizont fahles Licht auf. Cut!

BILD 11: **FRIEDE, FREUDE, TOFUPUDDING – KIRSCHBLÜTENTAG**

Plötzlich heitere Musik: Filmmusik »Die Ferien des Monsieur Hulot«. Das Haus erstrahlt in hellstem Licht. Der Rundhorizont ist tiefrot. Kleine rosafarbene Kirschblüten rieseln vom Himmel. Vögel zwitschern. Das Haus steht schräg, vorne links der japanische Garten. An den Fenstern hängen lustige Papierchen und Flattertücher aus Japan. ***Das Ganze wirkt ein bisschen wie ein Traum.*** *Rosmer sitzt nachdenklich an einem Tisch im Garten und liest Zeitung. Er ist ganz in Weiß gekleidet. Margit, ebenfalls ganz in Weiß, kommt mit einem Frühstückstablett aus dem Haus.* ***Sommergäste, Bondy, Stein, Peter van Eyk, Gloria Kane … Totale Sexualität. Dauererektion. Die gesamte Dramaturgie der Volksbühne ist erregt. Selbst Peymann lächelt vom Balkon. Heimat, Hoffnung … So schön kann Theater sein.***

MARGIT Guten Morgen, mein Schatz. *stellt das Tablett unsanft ab*

ROSMER Margit! *legt die Zeitung beiseite* Wie schön du bist.

MARGIT *serviert das Frühstück* Hier für dich: Japanische Rosenmarmelade, Tofu, grüner Tee und Spiegeleier. So, wie du es magst. *tritt hinter ihren Mann und legt liebevoll ihre Hände auf seine Schultern* Ich verwöhne dich gern. Ich bin so froh, wenn du froh bist.

ROSMER *lächelnd* Ich bin auch froh, wenn du froh bist. Du brauchst dir keine Sorgen um deine Zukunft zu machen, Margit.

MARGIT Um meine Zukunft?

ROSMER Ich habe für alle Eventualitäten vorgesorgt. Schon lange. Was immer passiert – du bist versorgt.

Man hört das Blubbern einer Quelle.

MARGIT Ach, Rosmer, du lebst länger als ich. Nimm den Kampf auf, Rosmer! Versuch es nur, und du wirst sehen – du wirst gewinnen! Mit dieser Zeitung wirst du Hunderte von Seelen veredeln, Tausende. Versuch es nur! Einen Menschen hast du jedenfalls veredelt. *schlägt sich mit der Faust gegen die Brust* Mich, für mein ganzes Leben.

ROSMER Ach, wenn ich das nur von unserer Zeitung sagen könnte. Was hältst du davon, wenn wir vorne auf den Titel ein Foto setzen? Eine Röntgenaufnahme vom menschlichen Darm – und darin befindet sich die Welt. Die Idee kam mir heute Morgen, als ich wieder so Schmerzen hatte.

MARGIT Aber das ist ja wundervoll! Du musst nur aufpassen, dass man nicht merkt, dass du persönliche Gründe für deine Ideen hast. Das ist nicht gut für einen Herausgeber.

ROSMER Ach, in mir zieht und drückt es. Diese verdammten Schmerzen im Schritt. Meinst du, die Gentechnik kann das noch retten?

MARGIT Ganz sicher. Da bin ich ganz, ganz sicher. Mach das doch zu deinem Steckenpferd! Gentechnik – das klingt so abstrakt, dass keiner auf die Idee kommen wird, dass du deinen Schwanz retten willst.

Vor der Premiere gab es eine Anfrage der FAS, ob es möglich wäre, einen Teil von »Rosebud« vorab zu drucken. Das Buch wurde per Mail in die Redaktion geschickt. Leider kam es nicht dazu. Einige Redakteure teilten mir mit, dass sie das, was dort stehe, als »einen

vollen Eiertritt« gegen Frank Schirrmacher und seine Frau empfänden. – Was für ein Bullshit! Das ganze Stück handelt von einem Mann, der aus Rosmersholm von Ibsen kommt, den Weg ins Private geht und sich mehr für seine Krankheit interessiert als für seine neue Zeitung. Dieser Mann lässt sich den Schwanz abschneiden und wird zur Frau. Sollte es also tatsächlich der Fall sein, dass die Redakteure der FAS der Meinung sind, ihr Chef habe Peniskrebs und wolle eine Frau werden? Was ist denn da los in den Redaktionsstuben der großen wichtigen Zeitungen des großen wichtigen Deutschland? Wenn es nach deren Redakteuren ginge, dann wäre Schirrmacher demnächst eine Frau ... Redakteure am Rande der totalen Fehleinschätzung.

Gernot und Susi erscheinen von rechts: Auch Gernot trägt Weiß. Er schiebt seine Schwester in einem Metallkorb mit Filmrequisiten auf die Bühne. Susi ist mit weißen Seilen gebondaged.

Musik: Wagner, Walkürenritt.

MARGIT *schlägt voll Freude die Hände zusammen* Na schau mal, wer da kommt!

GERNOT Guten Morgen, Mama! Guten Morgen, Papa!

Rosmer läuft schnell an den Kindern vorbei, tätschelt Gernot den Kopf und verschwindet im Haus.

GERNOT Schaut, was ich Susi geschenkt habe! *tritt neben seine Mutter*

SUSI Mutti! Mutti! Schau nur, was mir Gernot geschenkt hat!

MARGIT *geht auf Susi zu* Nein! Das ist ja wunderschön! Das ist ja wunder-, wunder-, wunderschön! Ich hätte nie gedacht, dass man deutsches Soldatenhaar so wunderbar flechten kann – weiße Taue aus Kabul! *wendet sich nach Gernot um, etwas reservierter* Und deiner Mutter hast du gar nichts mitgebracht?

GERNOT Aber Mama …

MARGIT Na, du musst dich ja nicht … Ich meine, du musst selbst wissen, wie du entscheidest. Das musst du selbst entscheiden. Was soll ich dazu sagen? Du bist ein Mann. Du bist alt genug. Das ist einzig und allein deine Entscheidung. Wenn du das so entscheidest … Ich sag dazu gar nichts. Ich misch mich da nicht ein.

GERNOT Aber Mama! Ich wollte dir doch nur eine Freude machen!

MARGIT Ja, wie denn – indem du Susi mit deutschem Soldatenhaar fesselst? Ja? Soll es das sein – mir eine Freude machen?

GERNOT Aber Mama, wir drehen einen Film. Ich habe mir das so vorgestellt: Susi ist von Ausländern vergewaltigt worden. Du kommst nach Hause und findest sie gefesselt im Wohnzimmer. Beim Versuch sie loszubinden, verliebt ihr euch ineinander. Die Tür geht auf. Papa kommt herein. Er ist Wotan und will mit euch ficken. Das Volk der Walküren wird geboren!

Rosmer kommt mit dem Schlitten aus dem Haus.

ROSMER Gernot! Hier, schau, der Schlitten! *beginnt, sich auszuziehen*

MARGIT *lehnt sich genießerisch an Gernot, flüstert* Glaubst du, dass sich das verkaufen lässt? Was hältst du davon, wenn Papa nur zuschaut?

GERNOT Mama! Für einen guten Film braucht man in allererster Linie nicht große Brüste, sondern einen Star mit einer erotischen Ausstrahlung, wie du sie hast, Mama!

Rosmer sieht zu Mutter und Sohn hinüber und zieht sich wieder an.

ROSMER *zu beiden* Jeder Mensch hat das Problem, zu wenig geliebt zu werden. *dreht sich um, geht, den Schlitten hinter sich herziehend, zurück in den Schuppen*

SUSI *hüpft ungeduldig im Metallwagen auf und ab* Hey, hey, hey! Lieb haben, lieb haben! Fuck, fuck!

MARGIT *entzückt* Susi, du bist ja völlig außer Rand und Band! *lacht* Na gut, Kinder, wir drehen einen Film! Meinen Segen habt ihr!

GERNOT Hurra! Susi, hast du das gehört? *läuft zu Susi, dreht den Metallwagen um die eigene Achse* Susi, komm! Hilf deinem Bruder!

Gernot und Margit schieben Susi zur Treppe und tragen sie ins Arbeitszimmer.
Die Musik schwillt an. Die Bühne dreht nach rechts. Der schwarze Rundhorizont fährt hoch. Es wird dunkel.

BILD 12: **PORN TO BE WAGNER**

Rückfront des Hauses. Im Arbeitszimmer Filmlampen. Die Familie dreht einen Porno. Susi ist an das Geländer festgebunden und schnappt mit dem Mund nach einem Dildo, den Margit an einer Stange hin und her bewegt. Rosmer schaut zu. Gernot filmt die Szene.
Mir fiel auf, dass das Foto zu dieser Szene sowohl in der FR als auch in der SZ abgedruckt war. In der FR hatte man den Dildo abgeschnitten, in der SZ nicht. Das erinnert ein bisschen an den fatalen Fehler der FAZ vom 12.09.2001, wo man nach ca. 50 Jahren ein Foto der brennenden Twintowers auf die Titelseite gesetzt hatte. Im Grunde war es ein lächerliches Bild. In anderen Ländern gab es schon viel größere Leichenberge. Die Aidskranken in Somalia, die

nachweislich von amerikanischen GIs infiziert wurden, taugen aber nicht als Symbol. Man müsste sich weigern, dieses 11. September-Bild anzubeten und denjenigen zuzuhören, die dieses Bild benutzen, um unsere Angst zu funktionalisieren.
Die Musik bricht ab.

GERNOT Und cut! *lässt die Kamera sinken* Das war Spitze, Susi! Bei deinem langen Monolog ist mir ein Schauer über den Rücken gelaufen. Großartig, Mama! Ich weiß, dass wir gut sind. Papa! Du bist Wotan. *schickt Rosmer zur Tür hinaus* Du kommst von einer langen Reise zurück. Ja, hier, durch die Tür. Du willst die Walküre fesseln. Du willst die Walküre ficken. Komm durch die Tür, Wotan! Los, schnall sie fest, Wotan! Ich befehle es dir!

Rosmer kommt wieder herein, stellt sich hinter Susi und bewegt rhythmisch seine Hüften. Susi singt verzückt ein japanisches Kinderlied. Gernot filmt.
Plötzlich geht das Licht an: Kroll und Staatssekretär Isidor bleiben einen Augenblick überwältigt in der Tür stehen. Die Familie stoppt abrupt die Dreharbeiten. Kroll springt begeistert auf Susi zu.

KROLL Susi! Susi! Wie süß! *küsst sie auf den Po* Susi! *an alle, überschwenglich* Stellt euch das vor! Stellt euch das vor – etwas Unglaubliches ist passiert! *küsst Margit auf die Wange* Das Glück ist auf unserer Seite! Der Aufmacher für unsere Zeitung ist geboren! Während ihr euch hier ausgelebt habt, habe ich eine Redaktionskonferenz einberufen.

ROSMER Was ist passiert?

KROLL *hat eine umwerfende Neuigkeit* Haltet euch fest!

Rosmer greift an den Schrank, Margit an Rosmer. Gernot und Susi halten einander fest.

KROLL *zieht einen Zettel aus der Tasche* Die Frau unseres Bundeskanzlers ist entführt worden! Gerade kam die Meldung über die Ticker! Und zwar in einem Ökoshop am Prenzlauer Berg!

ALLE *im Chor* In einem Ökoshop am Prenzlauer Berg?

MARGIT *begreift als Erste* Aber das ist ja großartig!

GERNOT Aber das ist ja großartig!

SUSI *spricht nach* Aber das ist ja großartig!

ROSMER *reißt Kroll den Zettel aus der Hand, liest ungläubig* »Doris entführt ... Ökoladen ... Prenzlauer Berg ... Taliban Fragezeichen ... Schily redet von Notstand ... Bundeskanzler ahnungslos!«

Allgemeine Begeisterung bricht aus.

MARGIT Jetzt habt ihr euren Aufhänger! Rosmer, was hab ich dir gesagt? Es gibt Dinge, die vom Peniskrebs ablenken!

ROSMER Kroll, das ist großartig! Es ist so entscheidend, dass man die persönlichen Dinge hinter das Weltgeschehen platziert.

In diesem Moment taucht der echte Roland Koberg hinter der Bühne auf und bietet an, sich selber zu spielen. Das überrascht alle außer Schlingensief. Ganz besonders überrascht aber zeigen sich Kobergs ehemalige Journalistenkollegen, die nicht verstehen können, warum er dazu bereit ist, obwohl alle der Meinung sind, dass das Stück ihn verarscht. – Schlingensief ist außer sich und lässt zwei komplette Zuschauerreihen mit Journalisten räumen: »Koberg kenne ich länger als manch ein anderer hier! Koberg war Journalist, hat dann die Peymann-Biografie geschrieben und ist nun Dramaturg am Deutschen Theater. Dieser Mann probiert verschiedene Wege aus! Das ist doch besser, als so zu enden wie Dr. Pott. Ohne Erfahrung und ohne

neue Ideen! Koberg versteht, was hier abgeht. Man muss die Dinge berühren!« Schlingensief umarmt Koberg, drückt ihn an sich, reißt sich los und stürzt auf die Bühne.

Unten kommt Rolli Koberg, gefolgt von Doris, im Laufschritt ums Haus.

ROLLI *ruft nach oben* Kroll? Sollen wir raufkommen?

KROLL *aufgeregt* Das sind die Redakteure! *ruft nach unten, übertrieben mit den Händen bedeutend* Bleiben Sie unten! Wir kommen runter! Bleiben Sie unten! Wir kommen runter!

Musik: Russ Meyer's »Lorna«, »The escaped prisoner«.

Rasende Geschwindigkeit: Kroll, Isidor, Rosmer, Margit, Gernot und Susi sausen aus dem ersten Geschoss nach unten zu Rolli. Alle tragen Tische und Stühle aus dem Wohnzimmer auf die Vorderbühne und gruppieren sie zu einem langen Konferenztisch parallel zur Rampe. Margit holt schnell ein paar Topfpflanzen und stellt sie auf die Tafel. Kroll verteilt weiße Schildmützen mit ZAS-Logo. Gernot holt Heisenberg aus dem Haus. Alle nehmen hektisch Platz.

BILD 13: **FAKTEN – FAKTEN – FAKTEN – WIR SIND SO, WIE WIR SIND – ICH WILL DEN PULITZERPREIS II**

Der Vorhang schließt sich. Lärm einer Passagiermaschine. Musik aus.
Hinter dem Konferenztisch sitzen Gernot, Isidor, Kroll, Rosmer, Margit und Susi. An der linken Schmalseite Heisenberg, rechts Rolli Koberg. Alle tragen ZAS-Redakteurskappen. Es wird geraucht. Etwas abseits sitzt Doris auf einem Stuhl. Ihr Kopf steckt in einer weißen Strumpf-

maske mit Löchern für Augen und Mund. Auch sie raucht. Ab jetzt reden alle wie bei den Werbespots für »Focus«.

KROLL *eröffnet* Die Frau unseres Bundeskanzlers ist entführt worden.

ROLLI *schnell* Von wem?

KROLL Und zwar von islamischen Fundamentalisten.

ROSMER Da sieht man einmal, wo das hinführt, wenn Deutschland blauäugig ist!

MARGIT Und blind!

SUSI *springt auf und brüllt* ***wieder mit großartigem japanischem Akzent*** Und wie das ist, wenn man neben einem wohnt, der einem komisch vorkommt. *setzt sich*

GERNOT Weil er so tut, als würde er aus demselben Topf mit einem essen.

KROLL Und deshalb gibt es auch eine Liste, in der man genau nachschauen kann, wo diese Leute leben und woran man erkennt, dass sie anders sind.

ROSMER Und eine Tabelle mit einer Liste mit islamischen Ärzten ist auch dabei, wo man genau sieht, was es kostet, wenn man sich seine Judennase operieren lässt.

ISIDOR Und was es kostet, wenn man in Afrika beschnitten wird, und dass nur zehn Prozent aller Männer gefährliche Geschlechtskrankheiten haben.

KROLL Weil gerade das jeden in Deutschland und in Europa interessiert. Europa wird immer wichtiger.

DORIS *zum Publikum* Andererseits frage ich mich, ob ich in ein Flugzeug steigen würde, von dem ich weiß, dass es abstürzt, bloß damit ich dabei gewesen bin. *zu den anderen* Ich muss Ihnen ehrlich sagen, dass mir dafür der nötige Humor fehlt.

MARGIT Das ist völlig richtig. Die Frage, die sich alle stellen, ist doch, warum das Leben einer Kanzlergattin mehr wert sein soll als das Leben von 6000, die zwischen Betonträgern zermahlen wurden.

ALLE *schlagen mit der flachen Hand auf den Tisch*

FAKTEN, FAKTEN, FAKTEN!

SUSI *springt auf* Ich frage mich, warum wir etwas tun und warum wir manche Dinge lieben. *setzt sich*

GERNOT Weil wir uns Aufgaben stellen, um uns selbst zu prüfen. Um herauszufinden, ob wir es schaffen.

KROLL *steht auf, selbstgefällig* ***wie Larry Ellison*** Ich wurde mal gefragt, warum ich so bin, wie ich bin. Meine Antwort war: »Weil der Berg da ist.« Das ist total falsch aus meiner Sicht. Die wahre Antwort wäre gewesen: Weil ich liberal bin, und weil ich wissen will, ob ich es schaffen kann. *setzt sich*

ROLLI ***aus einem TV-Clip der Boulevardzeitung »Focus« anlässlich des Gotthard-Unfalls*** Und eine Tabelle mit allen wichtigen Gebirgen der Schweiz gibt es auch.

GERNOT *steht auf* ***und wieder ein Interviewzitat vom Oracle-Chef*** Und bei einer Segelregatta von Teupitz nach Cottbus hat Michel Friedmann stundenlang genervt: »Warum tretet ihr überhaupt gegen uns an?«, hat er gerufen. »Ihr habt doch alle keine Chance gegen mich!« *nuschelt wie Heisenberg* Naja, wir sind mit Riesenvorsprung angekommen, haben geduscht, uns rasiert, etwas gegessen – und dann sind wir mit meinem Jet los und haben Friedmann auf dem Meer gesucht. Ich bin dann im Tiefflug, so sieben Meter hoch, an Friedmanns Yacht vorbeigedonnert, mit 500 Stundenkilometern, und hab steil hochgezogen. Das war ein Riesenspaß! Friedmann hat seitdem kein Wort mehr mit mir geredet. *wieder verständlich* Natürlich finde ich selbst mein Leben interessant – aber ich lebe es ja auch. *setzt sich wieder*

ROSMER *fühlt sich animiert, will größenwahn-technisch mithalten; erhebt sich, brüllt* Ich verlange von euch absoluten Gehorsam! Ich mach euch alle kaputt! Ich schlag euch eure weißen Jacketkronen raus! Ab jetzt wird nur noch für die Zeitung gelebt! Okay? ***von Oskar Roehler …***

Kroll lacht nervös.

ROSMER *herrscht ihn an* Ich will wissen, ob das okay ist!

MARGIT Peter, was soll denn das?

Rosmer setzt sich.

GERNOT *steht auf, schreit* Papa hat völlig Recht! Ihr seid alle Puppen! Ihr seid alle Puppen! *setzt sich*

SUSI *springt auf* Ihr seid alle Puppen! Ihr seid alle Puppen! *mit japanischem Armgruß* Haj, haj!

Kurze Pause.

Improvisation II. Auf der linken Seite deshalb der Originaltext und rechts wieder der neue, am Abend der Premiere improvisierte Text.

ROLLI *nimmt die Mütze ab* Ich will den Pulitzerpreis haben.

Stille.

ROLLI Glaubt ihr vielleicht, meine Geduld hat kein Ende?

Allgemeines Desinteresse. Heisenberg und Gernot nicken ein.

ROLLI *spricht in die Runde* Ich weiß, ich weiß: Euch ist es egal, was ich zu machen versuche – das ist für euch sowieso eins wie's andere! Da gibt's für euch keinen Unterschied. Ich bin in einem miserablen Zustand. Glaubt ihr, ich bin scharf auf die ZAS? Kritiker, Dramaturg, Autor und Liebhaber in einem zu sein? Glaubt ihr, ich habe mich in kontinentale Nachrichten verliebt? Glaubt ihr, ich will 55 Jahre meines Lebens in diesem – Betonbunker hier verbringen?

Musik wird weich eingespielt: Gustav Mahler, Sinfonie Nr. 5, cis-moll.
Der Vorhang öffnet sich langsam.
Im Arbeitszimmer steht der Kanzler am Geländer und betrachtet Rolli von oben.

ROLLI Mit Leuchtstoffröhren? Verdammt noch mal – da wär's mir lieber, Gernot nimmt ein Stemmeisen und schlägt mir den Schädel ein, als jeden Morgen hierher zu kommen!

Gernot schreckt auf, sobald sein Name fällt, nimmt seinen Stuhl und geht langsam ins Haus. Die Tischgesellschaft löst sich langsam auf. Auch die anderen tragen Stühle und Tische ins Haus und lassen Rolli monologisierend auf seinem Stuhl zurück.

ROLLI Aber ich komme. So sicher wie das Amen in der Kirche, jedesmal, wenn Sie, Kroll, in der Früh reinkommen und Ihr gottverdammtes »Morgenstund hat Gold im Mund« brüllen, und Sie, Rosmer, »Neuigkeiten gibt es 24 Stunden am Tag«! Da denk ich jedesmal, wie glücklich doch die Toten sind. Aber ich steh auf. Ich gehe. Für 65 Mark im

SCHLINGENSIEF *nimmt die Mütze ab* Ich will den Pulitzerpreis haben. Und zwar aus der Hand von Claus Peymann. Preise beruhigen ungemein! Ich hab erst so selten einen Preis bekommen! Ich möchte einmal dabei sein.

Stille. Allgemeines Desinteresse. Heisenberg und Gernot nicken ein.

SCHLINGENSIEF *spricht in die Runde* Ich weiß, dass euch das ziemlich egal ist, was ich mache. Ich weiß, dass ihr eigentlich auch meine Arbeiten verachtet, dass ihr immer denkt: »Ach, was will er denn jetzt schon wieder. Was führt er denn jetzt schon wieder im Schilde? Was will er denn? Was will er denn schon wieder? Sein Elternhaus aufarbeiten?« Meint ihr, das macht nicht auch mich wirklich fertig? Das spüre ich doch, dass sowas unterschwellig immer da ist! Wie sehr habe ich denn dafür gekämpft, hier, an der Volksbühne, wieder akzeptiert zu werden?

Musik wird weich eingespielt: Gustav Mahler, Sinfonie Nr. 5, cis-moll. Der Vorhang öffnet sich langsam.
Im Arbeitszimmer steht der Kanzler am Geländer und betrachtet Schlingensief von oben.

SCHLINGENSIEF Am liebsten wäre es mir doch, wenn Gernot mir mit einer Brechstange das Hirn aufschlagen würde, um mir wie bei »Schlacht um Europa« das Hirn auszusaugen? ***wie Bazon Brock** singt* Bazon Brock isst Affenhirn, Bazon Brock isst Affenhirn!

Gernot schreckt auf, sobald sein Name fällt, zieht Christoph den Tisch weg, trägt ihn ins Haus. Die Tischgesellschaft löst sich langsam auf. Auch die anderen tragen Stühle und Tische ins Haus und lassen Schlingensief auf seinem Stuhl zurück.

SCHLINGENSIEF Das wäre mir doch eigentlich am allerliebsten. Weil ich dann endlich mal meine ganze Verzweiflung akzeptieren könnte. Weil man dann endlich mal verstehen könnte, dass das, was ich da ma-

Monat gebe ich alles auf, wovon ich geträumt habe und wovon ich je träumen könnte. Und da sagt ihr, ich denke nur an mich. Wenn dem so wäre, dann wäre ich doch längst da, wo mein Vater ist. Nämlich weit weg. So weit mich die Füße tragen.

Rolli ist jetzt ganz allein. Die anderen haben sich zu einem Spaziergang zusammengefunden und gehen als Sommergäste ums Haus. Der Vorhang schließt sich bis auf einen Spalt. Nur der Kanzler hört zu.

ROLLI Fass mich nicht an! Ich gehe in eine Opiumhöhle! Opiumhöhlen, Lasterhöhlen und Verbrecher-Unterschlupfe! Ich bin jetzt bei den Grünen. Ich bin ein Berufskiller. Ich hab eine Feuerspritze im Geigenkasten. Und ich betreibe eine Puffkette an der Spree. Ich heiße Killer, Killer-Rolli. Ich führe ein richtiges Doppelleben.

Der Vorhang öffnet sich wieder.

ROLLI Tagsüber bin ich ein einfacher, ehrlicher Journalist, Liebhaber, Dramaturg, Kritiker und Autor – *es bricht aus ihm heraus* alles in einem!

Im Hintergrund finden sich die Sommergäste wieder vor dem Haus ein. Sie stehen zwanglos in kleinen Grüppchen herum und führen stumm Partygespräche.

ROLLI *wieder ruhiger* Aber nachts bin ich ein dynamischer König der Unterwelt. Na, und dann geh ich noch ins Spielkasino und verjuble euer Kapital am Roulettetisch. Seht euch doch mal die Spesenabrechnungen an! Seht sie euch doch mal an! Ich hab eine Augenklappe und einen falschen Schnurrbart. Und manchmal klebe ich mir einen grünen Vollbart an – dann nennt man mich El Diablo! Oh, ich könnte euch Sachen erzählen, die würden euch den Schlaf rauben. Meine Feinde planen, eines Nachts den ganzen Laden hier *schreit* in die Luft zu sprengen.

che, nicht nur ist, damit die Leute mich mögen sollen, sondern damit ich mich endlich wieder selber mag.
Ich hab mir ein Wohnmobil gekauft. Ich fahre damit herum. Da sitze ich dann abends mit allen Menschen, die auch in ihren Wohnmobilen und Zelten leben, aussehen wie von Otto Dix oder Otto Mühl – oder Deix. Da treffen wir uns in den Duschkabinen, da kann ich meinen Bauch auch endlich zugeben. Da gibt es keine Hemmungen mehr. Da riecht alles nach Penaten. Da ist endlich Heimat. Diese Heimat habe ich eigentlich verloren.

Schlingensief ist jetzt ganz allein. Die anderen haben sich zu einem Spaziergang zusammengefunden und gehen als Sommergäste ums Haus. Der Vorhang schließt sich bis auf einen Spalt. Nur der Kanzler hört zu.

SCHLINGENSIEF Ja! Ich habe für eure Zeitung geschrieben! Ich habe für eure Zeitung geschrieben, weil es mir dann besser ging. Ich habe Unmengen Geld verdient. Ich habe mehr verdient als mancher, der sonst so für die »Berliner Seiten« schreibt. Wesentlich mehr! Dafür müssen manche einen ganzen Monat arbeiten – für 60 Zeilen hab ich das bekommen!
Ich konnte schreiben, was ich wollte, und das erste halbe Jahr war es auch o. k. Da habe ich richtig viel geschrieben, was mir auf der Seele brannte. Bis die Leute dann lachten und sagten: »Ich hab's gelesen. Lustig. Sie sind wirklich ein Mann mit Humor.« Das war ein Schmerz, der da stand, und es war eine Angst! Dass ich meine Million verloren habe! Dass aus mir ein Atta Atta wird! Dass ich einfach losmarschiere! Dass ich sage: »Ich habe mich mit allen verstanden.« Obwohl ich mich mit allen nicht verstehen wollte, musste ich mich mit allen verstehen. Und ich habe gekämpft, gesprochen, geredet und gebetet, und sie haben mich nicht akzeptiert. Und dann bin ich losmarschiert, habe mir etwas Sprengstoff gekauft und bin in eine Cessna gestiegen. Und dann fliege ich zum Fernsehturm, dann fliege ich zum Reichstag. Dann kommen die Düsenjets und begleiten mich. Ich winke heraus. Ich rufe: »Ja, ich bin's! Ich bin's.« In meiner ganzen Verzweiflung.

Der Vorhang schließt sich.

ROLLI *steht auf, dreht sich zu den anderen um, schreit* Mit Dynamit! Eines Nachts werden wir hier alle hochgehen. Das wird ein Spaß! Was wär ich froh! Und ihr auch! Ihr würdet auch mit hochgehen, hoch hinauf, über die blauen Berge auf einem Besenstiel!

Die Musik wird lauter.

ROLLI *mit verzweifelter Wut gegen den geschlossenen Vorhang*

IHR HÄSSLICHEN – SABBERNDEN – ALTEN – HEXEN!

Pause. Die Musik klingt aus. Der Vorhang öffnet sich. Sturm kommt auf. Rolli geht weinend ins Haus ab.

Ich habe meine Million verloren. Ich habe mein Gold verloren. Ich habe für die FAZ … ***Versprecher*** für die ZAS geschrieben! Weil ich geliebt werden wollte von meinen Eltern und von meinem Patenonkel. Immer, wenn etwas von mir veröffentlicht wurde, habe ich den Text genommen und ihn in das Faxgerät geschoben. Dann hat meine Mutter meinem blinden Vater diese Texte vorgelesen. Dann kam der Anruf, manchmal eine halbe Stunde, eine Stunde später, weil sie so schwer verstanden haben, was da drin stand. Meine Mutter musste es manchmal zwei- bis dreimal vorlesen.

Der Vorhang öffnet sich wieder.

SCHLINGENSIEF Dann kam der Anruf und es kam in mein Ohr: »Du bist ein toller Junge. Der Dr. Nückel und der Dr. Wente haben angerufen. *es bricht aus ihm heraus* Die haben es alle gelesen! Die haben alle gesagt: Der Christoph! Der Rolli! Aus all diesen Leuten wird nochmal was.«

Im Hintergrund finden sich die Sommergäste wieder vor dem Haus ein, hören schweigend zu.

SCHLINGENSIEF *steht auf, dreht sich nach hinten zu den anderen* Die haben mich doch nicht verstanden! Ich habe gekämpft. Gekämpft für eine Kulturrevolution! Aber doch nicht für 65 Mark im Jahr! Ich hab so hohe Nebenkosten! Ich muss so viel bezahlen, bezahlen, bezahlen! Miete, Versicherung, Frühstück, Kredit abstottern für das Wohnmobil! Und dann sperrt mir die Bank die EC-Karte. Jede Woche einmal. Da stehe ich dann am Schalter und muss mich verteidigen! *in die Bühnentiefe* Castorf hat mich doch auch wie einen Arsch behandelt letztes Jahr! Da waren Hirntote wichtiger als ich! Da ging's doch darum, dass die große Phantasie auf's Trapez kommt. Auch heute Abend sind viele in den falschen Eingang reingelaufen. Weil sie dachten, es geht hier um Provokation. Aber es geht hier nicht um Provokation! Es geht um das, was man für Provokation gehalten hat! Wir alle sind nicht mehr in der Lage, uns provozieren zu lassen. Wir sind alle durchgeimpft, die ganze

Gesellschaft! *zu den Schauspielern* Und ihr wisst gar nicht, wie sehr ich euch dafür verachte, dass ihr immer wieder mitmacht. Aber ich liebe euch auch dafür. Weil ich auch immer wieder mitmache. *schreit* Ach, ihr seid doch alle lächerliche – alte – sabbernde – Hexen! *schleudert den Stuhl auf die Seitenbühne* Ihr seid Hexen! Ja – alle! *geht weinend ins Haus ab* Mama! Mamaaa …

Kaltes Licht. Sturm kommt auf. Die Partygesellschaft im Hintergrund steht eingefroren. Endlich löst sich Kroll aus der Gruppe und tritt nach vorne.

KROLL *nachdenklich, ins Publikum* Seht ihr das Zeichen der Zeit? Lasst uns hoffen, dass wir nicht alle verbrennen. In der Flamme soll unsere Zukunft ruhen.

ALLE *chorisch, wie bei Einar Schleef* ***Wie mit Alexander Kluge besprochen, ist es sinnvoll, Vorbilder wie Schleef in eine direkte Umlaufbahn ins All zu schießen, damit man jeden Abend zu ihm aufschauen kann und sich geborgen fühlt. Auf Leichenbergen stehen kann jeder Ein Holocaust-Denkmal im All, das wäre es gewesen.*** Seht ihr das Zeichen der Zeit? Lasst uns hoffen, dass wir nicht alle verbrennen. In der Flamme soll unsere Zukunft ruhen.

KROLL *reibt sich die Hände* Meine Damen und Herren, ich möchte Ihnen einen Mann vorstellen, der das Unmögliche möglich gemacht hat – in Lebensgefahr, als Vorbild, durch Selbstaufgabe, sich den Gegebenheiten chamäleongleich nähernd, um dann zuzuschlagen, zu kämpfen, zu siegen. Nominiert für den Pulitzerpreis 2002 – der *marktschreierisch* Rolli Koberg! *geht zurück zur Gruppe*

BILD 14: **SCHLEYER WAR CINEMASCOPE! HEUTE HAT ALLES NUR NOCH CHIPGRÖSSE!**

Leise Musik: Philipp Glass, Violinkonzert.
Rolli Koberg erscheint langsam aus dem Gang zwischen Küche und Wohnzimmer. Er hält eine Videokassette mit ausgestrecktem Arm in die Luft. Spot auf die Kassette.

ROLLI *wie Kinski in einem alten Wallace-Film, unheimlich* Entschuldigen Sie meine Erregung, aber ich wurde verfolgt.

ALLE *chorisch* Verfolgt?

ROLLI Ja, man hat mich verfolgt. Es war lebensgefährlich. Alles ist lebensgefährlich. Ich weiß gar nicht, wie ich das alles durchstehen soll.

Margit löst sich aus der Gruppe und geht wie gebannt langsam auf Rolli zu. Rosmer verschwindet im Haus.

KROLL *ebenfalls auf Rolli zugehend* Rolli, was bringst du uns? Darf man gespannt sein? Ja? Sind wir nicht alle gespannt? *dreht sich nach Rosmer um* Rosmer! Wo geht der denn hin? Rosmer!

ROLLI Wo ist das Abspielgerät?

KROLL Eine Kassette?

ROLLI Ja. Eine Kassette.

ALLE *chorisch* Eine Kassette.

ROLLI Super-VHS. Ohne Stativ.

Die Musik wird leiser und verstummt.

SUSI *apathisch* Das glaube ich nicht.

ROLLI Wo ist das Abspielgerät?

SUSI *wiederholt* Das glaube ich nicht.

GERNOT Das Abspielgerät ist im Wohnzimmer. *geht auf Rolli zu, nimmt ihm die Kassette ab und schiebt sie in den Videorekorder*

ALLE *chorisch* Das Abspielgerät ist im Wohnzimmer. *bewegen sich wie ferngesteuert ins Wohnzimmer, gruppieren sich um das Fernsehgerät*

In einer Probe wurde aus Versehen ein Analporno eingelegt. Die Darsteller saßen also vor dem Fernseher und sahen sich den ekelhaften Film an. Erst als nach 10 Minuten die Probe unterbrochen wurde, standen sie auf und protestierten. Das heißt also: Solange du spielst, solange kannst du auch das Ekelhafteste anschauen, aber wehe es ruft jemand »Aus!«

Es wird dunkel. Musik: »Blue Velvet«.
Rosmer ist mittlerweile im Schlafzimmer, legt seine Kleidung ab und zieht Frauenkleider an.

Im Fernseher läuft das von den Amerikanern hergestellte Bin-Laden-Geständnisvideo, von dem mittlerweile sicher nachgewiesen wurde, dass es sich um eine Fälschung handelt. *Man hört die deutsche Übersetzung über dem arabischen Text »Ich sah in einem Traum, wie wir ein Fußballspiel spielten gegen die Amerikaner. Als unser Team auf dem Platz auflief, waren das alles Piloten. Ja, so fragte ich mich, ob es ein Fußballspiel war oder ein Pilotenspiel. Unsere Spieler waren die Piloten … Er sagte, das Spiel geht weiter und wir haben sie besiegt … Möge Allah gesegnet sein …«* ***Die Foxindianer spielen so lange Fußball gegeneinander, bis es wieder Null zu Null steht.***

Doris tritt an die Rampe. Im Hintergrund erscheint der Kanzler und sieht sie an.

DORIS *über den Fernsehton ins Publikum sprechend* »Lieber Gerhard, ich bin viel in Gedanken bei euch. Das Ziel der Entführer wird sie nach Ablehnung der Forderungen und meiner Liquidierung nur veranlassen, das nächste Opfer zu holen. Nach allem, was ich heute weiß, wird dieses Ziel erreicht. Es gibt, wie man gesehen hat, keinen absoluten Schutz, wenn man so sorgfältig und konsequent arbeitet wie diese Terroristen. Das solltest du ebenso wissen wie deine politischen Freunde. Die Verantwortlichen in unserem Land können aber nicht nur in Höhlen leben und werden daher immer Blößen zeigen. Ruhe an dieser Front wird es so schnell nicht geben. Bleibt ihr gesund und optimistisch. Hoffentlich auf bald, *wendet sich zur Fernsehgruppe* eure Doris.«

MARGIT *erhebt sich vom Sofa, starrt aus dem Dunkel des Wohnzimmers Doris an*
SCHLEYER? ABER DAS IST DOCH NICHT SCHLEYER!
kommt langsam auf Doris zu Das ist doch eine Fälschung! Das ist doch eine ganz billige Fälschung! Schleyer war doch viel dicker!

KROLL *erhebt sich, tritt hinter Doris* Schleyer? Wieso Schleyer? Ich dachte, das ist die Doris.

Die Bühne dreht langsam nach links. Das Bin-Laden-Tape läuft weiter.

MARGIT *erwacht langsam aus ihrer Starre* Das ist nicht Schleyer! Die Technik ist doch ganz anders.

Doris geht zwischen Margit und Kroll hindurch ins Haus. Kroll folgt ihr.

MARGIT *läuft gegen die Bühnendrehung ums Haus* Wir haben nämlich noch auf Senkel gedreht. Die Maschinen waren unhandlich, die Kamera wog fast 30 Pfund. Mehr als ein Kind. Die konnten wir nur zu zweit tragen. Aber das war uns allen egal. Heute ist alles so klein!

Leise ertönen Bachmann-Gedichte: »... Die erste Welle der Nacht schlägt ans Ufer, die zweite erreicht schon dich. Aber wenn du herüberschaust, kannst du den Baum noch sehen, der trotzig den Arm hebt – einen hat ihm der Wind schon abgeschlagen – und du denkst: wie lange noch wird das krumme Holz den Wettern standhalten? ...«

MARGIT *über die Bachmann sprechend, steigert sich immer mehr in ihre Vergangenheit* Man hat das Gefühl, dass die Größe der Themen in direktem Zusammenhang zur Größe der schrumpfenden Aufnahmegeräte steht. Der Amerikacrash hat nur Chipgröße. Schleyer war Cinemascope! Schleyer war Cinemascope! So ein Ding! Heute braucht man kein Licht! *verschwindet im Haus* Die Lochkamera will sowieso keiner mehr haben. *geht über die Treppe ins Schlafzimmer* Die Gudrun und ich, wir hatten noch Lochkameras. Es ist so hell geworden zwischen unseren Beinen. Es ist so hell geworden zwischen unseren Beinen. Es ist so hell geworden zwischen unseren Beinen. Es ist so hell geworden zwischen unseren Beinen. Es ist so hell geworden zwischen unseren Beinen. Es ist so hell geworden zwischen unseren Beinen. Es ist so hell geworden zwischen unseren Beinen. Es ist so hell geworden zwischen unseren Beinen. Es ist so hell geworden zwischen unseren Beinen. Es ist so hell geworden zwischen unseren Beinen. Es ist so hell geworden zwischen unseren Beinen. Es ist so hell geworden zwischen unseren Beinen. Es ist so hell geworden zwischen unseren Beinen … ***Hier wird nicht auf Hannelore Kohls Lichtallergie, sondern auf den Ausverkauf weiblicher Reize angespielt. Noch vor 10 Jahren konnten Jugendliche im Alter zwischen 14 und 18 Jahren keine Vagina beschreiben. Heutzutage hat jeder zweite Minderjährige genaue Vorstellungen davon, wie eine Vagina auszusehen hat. Dabei gelten Promivaginas von Wilde oder Young als Maßstab. Viele Jugendliche sprechen nach ihrem ersten Geschlechtskontakt (im Durchschnitt im Alter von 13 Jahren) von Enttäuschung, da ihnen Pornofilme interessanter vorkommen.***

Rosmer tritt in Frauenkleidern aus der Schiebetür. Auf dem Arm hält er eine Puppe. Während weiter Bachmann-Gedichte ertönen, geht er langsam rechts um den Graben nach vorne: »… Von Land ist nichts mehr zu sehen. Du hättest dich mit einer Hand in die Sandbank krallen oder mit einer Locke an die Klippen heften sollen. In die Muscheln blasend, gleiten die Ungeheuer des Meeres auf die Rücken der Wellen, sie reiten und schlagen mit blanken Säbeln die Tage in Stücke, eine rote Spur bleibt im Wasser, dort legt dich der Schlaf hin, auf den Rest deiner Stunden, und dir schwinden die Sinne. Da ist etwas mit den Tauen geschehen, ***Hier sollte ursprünglich ein Bezug zu Christopher Marlowes »Jude von Malta« hergestellt werden, der kurz vor seiner Er-***

***mordung fragt: »Wie halten jetzt die Seile? Und wie fest sind die Scharniere, funktioniert das alles wirklich? Was ist mit den Hebeln und den Winden, sind sie sicher?«** man ruft dich, und du bist froh, dass man dich braucht. Das Beste ist die Arbeit auf den Schiffen, die weithin fahren, das Tauknüpfen, das Wasserschöpfen, das Wändedichten und das Hüten der Fracht. Das Beste ist, müde zu sein und am Abend hinzufallen. Das Beste ist, am Morgen, mit dem ersten Licht, hell zu werden, gegen den unverrückbaren Himmel zu stehen ...« Fade out.*

BILD 15: **IN EINEM JAHR MIT 13 MONDEN. SIND TRANSVESTITEN HOMOSEXUELL?**

Die Bühne stoppt. Vorderfront des Hauses. Im Haus brennen einzelne Lampen. Wind. Grillen.
Spot auf den Verleger im japanischen Garten: Rosmer trägt ein Kleid, hochhackige Schuhe und eine blonde Langhaarperücke. Er geht in die Hocke, setzt die Puppe vor sich auf den Boden, zieht Zeitung und Schere heraus und schneidet Artikel aus den »Berliner Seiten« der FAZ aus. In der Schiebetür erscheint Kroll.

KROLL *bestürzt* Rosmer! Wie siehst du denn aus? *geht über die Brücke auf Rosmer zu und betrachtet ihn lange, die Hände in den Taschen*

Auch Margit, Gernot und Susi erscheinen in der Tür.

MARGIT Was machst du denn da?

ROSMER *freundlich* Ich? Das Layout für die neue Zeitung!

KROLL *blickt verständnislos zwischen Margit und Rosmer hin und her* Und die Puppe?

ROSMER *weiterschnipselnd* Ja. Die Puppe.

GERNOT *schiebt Margit beiseite und geht sinnierend vor dem Haus auf und ab* Interessant. Vielleicht ist die Puppe das Symbol für die Geburt, die hier bevorsteht.

KROLL *ahnungslos* Welche Geburt?

SUSI *läuft durch den Graben auf ihren Vater zu* Papi, du musst nicht traurig sein. *bleibt ein Stück hinter ihm stehen*

Margit kommt schnell zu Susi. Beide schauen Rosmer an.

ROSMER Ich bin nicht dein Papi, ich bin deine Mami.

KROLL *tritt neben Rosmer* Ich weiß nicht … das Layout … – Geht das denn so?

ROSMER Die Puppe ist das uneheliche Kind von Nico und Alain Delon.

MARGIT Mein Gott, Rosmer. Du hättest doch mit mir reden können.

ROSMER Man denkt und denkt und denkt, dass man denkt, bis man das Denken vergisst.

KROLL *ratlos* Aber Rosmer!

Rolli kommt aus dem Haus, bleibt im Hintergrund stehen und verfolgt die Szene.

ROSMER *leicht, ein bisschen melancholisch* Ja, ich bin's. Na und? Was ist schon dabei? Wenn man Schmerzen hat? Schmerzen im Schritt? Ist das nicht genauso schlimm wie eine Entführung? Wenn die eigene Männlichkeit auf dem Spiel steht? Ich nehme keine Windeln mehr, auch wenn ich ein Problem mit meinem Schließmuskel habe. Wie soll ich mich als Mann fühlen, wenn man mir die Männlichkeit durch solche demütigenden Gesten nimmt?

Musik: Alban Berg, »Lyrische Suite für Streichquartett«.

KROLL *kniet sich zu Rosmer, betrachtet einen Teil der Zeitung* Das ist doch alles Unsinn! Rosmer! Wir sitzen auf einem Pulverfass! Die ganze Geschichte ist ein Pulverfass! Man muss über sein Gefühl hinauskommen. Man muss die Kühnheit besitzen zu objektivieren. Man muss getreulich wiedergeben, was man sieht, und dabei sein Gefühl opfern. Man muss geopfert haben, was man fühlt. – Das weißt du doch alles, Rosmer!

MARGIT *vorsichtig* Peter, möchtest du jetzt wieder mit deinem Mädchennamen angesprochen werden? Wir sind weiß Gott wie lange verheiratet, du und ich. Du hättest es mir doch sagen können. Du hättest kommen können und sagen: »Margit, ich bin nicht normal. Ich bin krank, ich bin pervers. Ich brauche Hilfe. Ich muss zu einem Arzt.« Mein Gott, irgendwie hätte ich's verstanden. ***In der Neujahrsansprache im Kölner Dom sprach der zuständige Priester davon, dass die Welt zerstört sei, dieses und jenes am Ende, alles zerstört, unsere schöne, schöne Welt – und fügte nach einiger Zeit hinzu: »UND DIE HOMOEHE!« Und später: »Nicht einmal die Tiere kämen auf solch eine Idee!« In diesem Moment wurde mir klar, dass es nun an der Zeit ist, die katholische Kirche zu verlassen. Kein Austritt aus Protest, sondern nur eine Auszeit! Man muss sich für kurze Zeit zurückziehen, weil man Gott verloren hat. Das liegt aber nicht an Gott, sondern an denen, die ihn vertreten. Es fehlt der Bezugspunkt zu Gott in einem selbst. Gott wird durch seine Vermittler aus dem persönlichen Bezugsfeld gerissen. Damit wird jeder, der Gott in sich entdeckt hat, in die Krankheit getrieben. Daher Margits Sätze.***

GERNOT *kommt nach vorne, sieht Margit ins Gesicht* Mama? Mutter?

MARGIT *nimmt vermittelnd Rosmers Hand und gibt sie Gernot* Gernot, darf ich dir deine Mutter vorstellen?

GERNOT *fassungslos mit Blick auf Rosmer* Mutter?

SUSI Mami?

GERNOT Aber warum habt ihr denn all die Jahre nichts gesagt? Jetzt müssen wir den ganzen Film noch einmal drehen.

Es klingelt.

SUSI *stürzt zur Haustür* Es klingelt! Es klingelt! Ich öffne! *öffnet die Tür*

Aus dem Haus wankt Doris, die Hände auf dem Rücken gefesselt.

DORIS *atemlos* Ich bin entführt worden. Ich bin entführt worden. Das Schwein da hat mich entführt! *schreit Rolli an, völlig außer sich* Du Schwein! Jetzt sag ich alles …

An dieser Stelle brach die Premiere fast zusammen. Das Publikum protestierte: »Lieber eine tote Doris als das Problem, das mit ihrem Wiederauftauchen verbunden ist«.

Rolli packt Doris von hinten, presst ihr die Hand auf den Mund und schleift sie von der Bühne nach rechts.

DORIS *beißt in seine Hand, strampelt und versucht zu schreien* Ich pack aus! Jetzt seid ihr erledigt! Ich mach euch kaputt! Gerhard macht euch alle kaputt …

KROLL *panisch* Rosmer! Rosmer! Was ist das? Rosmer? Wer ist das?

ROSMER *ruhig* Das ist doch die Doris. Das ist die Frau unseres Bundeskanzlers.

KROLL Wie bitte?

MARGIT *wird von gewaltigem Zorn gepackt* Ich hab doch gewusst, dass hier was faul ist! Ihr mit eurer beschissenen Zeitung! Eure Zeitung ist doch nur das Hirngespinst einer Welt, die ständig auf Entzug ist! *rennt brüllend in die Küche* Susi, los! Die Medikamentenausgabe!

Gernot folgt der Mutter in die Küche. Margit rennt in panischer Suche durch alle Räume.

SUSI *zieht Kroll an die Rampe und beschimpft ihn* Die imperialistischen Systeme werden an dem gesichtslosen Terror ihrer faschistischen Gewalt ersticken! Der Polizeistaat der Bundesrepublik Deutschland ist völlig paralysiert! Die Charaktermasken der parlamentarischen Politiker werden in ihrer Ohnmacht versuchen, mit dem ihnen inhärenten Faschismus zurückzuschlagen und so dem Volk zeigen, wer sie wirklich sind! Nämlich Dämonen Nazideutschlands im Licht weißen Terrors, die mir und dir mit ihren Fratzen eine Gänsehaut auf die Nieren treiben! *verdreht die Augen und wird von einem Anfall geschüttelt*

Von rechts stürzt laut zeternd Doris ins Bild. Sie ist jetzt nicht mehr gefesselt, aber Rolli ist ihr dicht auf den Fersen. Margit erscheint mit einer Pistole in der Schiebetür und bastelt hektisch daran herum. Gernot kommt ihr zur Hilfe.

KROLL *schlägt auf Rolli ein* Weißt du, wo du uns hingebracht hast? Mit deinem Ehrgeiz, den Pulitzerpreis zu bekommen? Mit deinem Ehrgeiz, die Welt mit aufgeblasenen Nichtigkeiten zu beeindrucken, um damit das Lob der klassischen Welt einzuheimsen? Du hast uns alle in den Ruin getrieben!

ROLLI *indem er sich Krolls Schläge mit gekreuzten Armen vom Leib hält* Aber ich dachte, Sie wollten das doch. Sie wollten doch eine Schlagzeile. Sie haben mich doch selbst beauftragt.

KROLL *schreit* Ja, aber nicht so! *deutet auf Doris* Nicht auf diese lächerliche Art und Weise! Ich habe keine Lust mehr, dass der Tod in dieser liberalen Scheiße versinkt! Ich will, dass alles echt ist! Ich will, dass die Nachrichten endlich wieder echt sind! Ich will, dass die Nachrichten endlich wieder echt sind! Ich will, dass die Nachrichten endlich wieder echt sind! Ich will, dass die Nachrichten endlich wieder echt sind! Ich will, dass die Nachrichten endlich wieder echt sind! Ich will, dass die Nachrichten endlich wieder echt sind! Ich will, dass die Nachrichten endlich wieder echt sind! Ich will, dass die Nachrichten endlich wieder echt sind! Ich will, dass die Nachrichten endlich wieder echt sind! Ich will, dass die Nachrichten endlich wieder echt sind! Ich will, dass die Nachrichten endlich wieder echt sind! Ich will, dass die Nachrichten endlich wieder echt sind! Ich will, dass die Nachrichten endlich wieder echt sind! Ich will, dass die Nachrichten endlich wieder echt sind! Ich will, dass die Nachrichten endlich wieder echt sind!

Plötzlich löst sich versehentlich ein Schuss aus Margits Pistole. Kurzer Schreck. Margit nimmt die Waffe wie einen Schatz in beide Hände und geht auf die Brücke. Sie weiß jetzt, wie es geht.

KROLL Ich habe mein Leben lang gewartet. *geht in die Knie* Ich hab die Schnauze voll! *schlägt auf den Boden wie ein zorniger Junge* Ich will nicht mehr warten! Ich will selber handeln! Ich will Fakten schaffen! Nein! Nein! *steht auf* Das ist doch nicht wahr, dass unsere Gesellschaft an einem Übermaß an Aggression leidet. Sie leidet an einem übermäßigen Hang zu fanatischer Hingabe! Hast du das kapiert, Rolli? *schreit ihm ins Gesicht* Du – Pinscher! *dreht sich hilflos zu Margit um*

DORIS *fällt ein* Du Pinscher! Du Pinscher!

MARGIT *reicht Kroll vorsichtig die Pistole* Hier, Kroll, nehmen Sie das. Das wird Ihnen gut tun. *weicht zurück* Nehmen Sie es nur. Guter Terrorismus kam immer vom Dorf!

KROLL *wie im Delirium* Ja. *nimmt die Pistole, wiegt sie in der Hand und zielt dann ungefähr auf Rolli* Damit ist jetzt Schluss!

MARGIT Sie ist noch nicht entsichert!

KROLL *schwankend* Ja, weiß ich. *bastelt benommen an der Pistole herum*

DORIS Ich will hier weg! Ich will hier weg!

Kroll dreht sich um, richtet die Pistole auf Doris und schießt. Doris reißt den Mund auf. Sie ist getroffen. Alle sind von den Ereignissen überrumpelt. Nur Rosmer wirft sich geistesgegenwärtig über seine Puppe. Kroll kann es noch nicht fassen, lacht wie ein Kind, blickt auf seine Pistole, dann zu Margit und drückt nochmal auf den Auslöser. Doris bricht, erneut getroffen, mit weit aufgerissenen Augen zusammen.

Dramatische Musik: Philipp Glass, Violinkonzert; steigert sich mit den Ereignissen.

MARGIT *ruft agitatorisch* Der Klassizismus ist das Gegenstück zur politischen Tyrannei!

KROLL *entdeckt seinen Spaß an der Sache und feuert wieder und wieder auf Doris, indem er sich mit neu gewonnenem Selbstbewusstsein nach den anderen umsieht und nachspricht* Der Klassizismus ist das Gegenstück zur politischen Tyrannei! Der Klassizismus ist das Gegenstück zur politischen Tyrannei!

SUSI *spricht nach* Der Klassizismus ist das Gegenstück zur politischen Tyrannei!

Die Musik steigert sich dramatisch und brodelt nach dem ersten Höhepunkt weiter. Doris windet sich in furchtbaren Zuckungen, bäumt sich mit jedem Treffer auf, bricht wieder zusammen und stirbt einen ausgiebigen Tod im Kugelhagel auf offener Bühne. Die anderen stehen gebannt oder versuchen, sich ins Haus zu retten.

Schlingensief ist begeistert. Er holt die »Frankfurter Allgemeine Sonntagszeitung« aus der Hosentasche und breitet sie auf dem Boden aus. Doris fällt auf sie wie ein toter Fisch. – Frenetischer Beifall des Publikums. Endlich wird klar, dass die Sozialdemokratie schon immer einen gepflegten Terrorismus hervorgebracht hat. Wenn da nur nicht dieses blöde Penisproblem von Rosmer wäre ...

Erst das Schließen des Vorhangs beendet die Szene.
Musik bricht ab.

BILD 16: **KRISENMANAGEMENT – DER KANZLER DER NERVÖSEN HAND**

Der Vorhang ist geschlossen. Der Kanzler betritt mit einem Manuskript in der Hand die Vorderbühne. Er geht entschlossen zum Rednerpult, ordnet kurz seine Papiere und beginnt unverzüglich zu sprechen. Staatssekretär Isidor hat alles arrangiert, steht dienstfertig im Hintergrund.

An dieser Stelle möchte ich mich bei Bernhard Schütz, der vor fast drei Jahren schon einmal den Kanzler in der »Berliner Republik« spielte, dafür entschuldigen, dass ich jeden Versuch, an frühere Produktionen wie »Berliner Republik«, »Rocky Dutschke« oder die »Deutschlandreise« anzuknüpfen, verweigert habe. Sein Kanzler ist mittlerweile depressiv, verwirrt, völlig austauschbar mit Edmund, Guido oder Joschka. Ich wollte beweisen, dass ich im rentenfähigen Alter bin. Eigentlich war ich müde, fertig und extrem gelangweilt. Nicht an einer einzigen Stelle habe ich während der Proben geglaubt, dass das in irgendeiner Weise provokativ sein könnte. Ich war dermaßen ernüchtert und erschöpft, dass ich nur noch abgekochte Dinge hinterlassen wollte. Mittlerweile weiß ich, dass das zwar ein neuer, aber auch ein sehr fremder Weg ist und noch lange nicht der richtige! Dafür kochen zu viele Leute am deutschen Theater ihre

bekannten Vorlagen auf, damit sie überhaupt noch was zu fressen haben. Ich gestehe, dass ich mich durch die extrem gute finanzielle Absicherung der FAZ für keine anderen Speisen mehr interessiert habe, außer für die, die meinen Eltern geschmeckt haben. Aber eigentlich mochte ich bis auf Kartoffel-Möhren-Durcheinander oder Rheinischen Sauerbraten fast nichts, was meine Eltern gerne gegessen haben. Lieber Bernhard, die hinter uns liegende Körper- und Geistesbeherrschung war richtig, aber nun müssen wir sie erweitern und auffüllen mit dem, was wir am besten können: Fressen, um zu kotzen! Bald ist es wieder so weit und wir können sagen: Das Start-up-Unternehmen der deutschen neuen Mitte ist beendet. In 7 Jahren ist dieses Gesellschaftssystem komplett zerstört! Lieben Gruß, Dein Christoph!

KANZLER *zieht alle rhetorischen Register* Meine Damen und Herren, liebe Abgeordnete, liebe Vorsitzende der jüdischen Gemeinden, liebe Antifaschisten. Im Namen der Bundesrepublik Deutschland bin ich voller Trauer. Wir sind zusammengekommen, um Abschied zu nehmen. Fast 6000 Menschen sind von uns gegangen, eine große Familie, ein Teil von uns, ein Fass ohne Boden. Tausende von afghanischen Flüchtlingen sind heute morgen an Hunger gestorben, aber fast genauso viele Europäer sind gestern oder vorgestern oder vorvorgestern bei einem Menschen verachtenden Terroranschlag ums Leben gekommen. Menschen, die gearbeitet haben, die gebildet waren und keinem auf der Tasche lagen. 6000 Europäer, die einen Hafen hatten, wo ein Hafen war.
Die Flüchtlinge klagen, sie könnten nicht schlafen. Ich weiß keine Antwort. Ich möchte sagen: Europa ist nicht Amerika! Wir sind kein Einwanderungsland! Wir lieben Europa, und die hassen Europa! Wir lieben Europa, weil es europäisch ist und nicht, weil es afghanisch ist!
Mein Motiv, sehen Sie, das ist so: Das ist es, was man erreichen muss. Wenn ich zu hoch oder zu tief greife, ist alles verpfuscht. Es darf keine einzige lockere Masche geben, kein Loch, durch das die Wahrheit entschlüpft. Ich lenke den Realisationsprozess in meiner Politik in allen

Teilen gleichzeitig. Ich bringe im gleichen Antrieb, im gleichen Glauben alles miteinander in Beziehung, was auseinander strebt. Alles, was wir sehen, verstreut sich, entschwindet, nicht wahr? Die Natur ist immer dieselbe, aber von ihrer sichtbaren Erscheinung bleibt nichts bestehen. Unsere Politik muss ihr das Erhabene der Dauer geben. Was ist hinter der Politik? Nichts vielleicht. Vielleicht alles. Also verschränke ich diese umherirrenden Hände. *verschränkt seine Hände* Ich nehme *greift in alle Richtungen aus, um sein Bild zu unterstreichen* rechts, links, hier, dort, überall diese Hände, diese Abstufungen, ich mache sie fest, *verschränkt die Hände* ich bringe sie zusammen. Sie bilden Linien, werden Gegenstände, Felsen, Bäume, ohne dass ich daran denke. Sie nehmen ein Volumen an. Meine Politik verschränkt die Hände. Sie schwankt nicht. Sie ist wahr, sie ist dicht, sie ist voll. Die Politik, glaube ich, setzt uns in den Stand der Gnade, wo wir die universelle Emotion, wie in der Politik, so überall finden.
Ich hatte einen Traum … *verfällt in unverständliches Nuscheln und kratzt gedankenverloren an einer Stelle des Pultes; wieder deutlich* Lassen Sie mich noch hinzufügen: Der Tag wird kommen, wo eine einzige Mohrrübe, die ein Politiker mit seinen Politikeraugen sieht, eine Revolution hervorbringt. ***Breton*** An dieser Stelle wird meine Frau ein selbstgeschriebenes Gedicht vortragen.

Isidor tritt hinter den Kanzler und flüstert ihm eine kurze Nachricht ins Ohr.

KANZLER Meine Frau ist nicht da. Sie ist nicht da wegen des europäischen Klassenkampfes. Deshalb führe ich jetzt das Gedicht selber … in Anhörung: *tritt neben das Pult und spricht zügig das Gedicht weg* »Der Kampf um Europa wird geschlagen, der Feind wird ausgemerzt. Der unbekannten Helden Mut bekommt nun Sinn. Es lebe das ewige Europa. Wir gedenken derer, die umgebracht wurden. Gott sei mit uns.« *tritt wieder hinter das Pult* Ja! Ich sage es ganz bewusst mit den Worten meiner Frau – umgebracht! Wir haben Beweise. *wirft einen kurzen, fragenden Blick auf Isidor*

Isidor tritt zum Pult, zieht daraus einige Fotografien hervor und reicht sie dem Kanzler.

KANZLER *lässt die Fotos vorne über den Pult fallen, fällt langsam aus der Rolle* Die essen Gras. Diese Luftaufnahmen beweisen es. Die essen Gras! Hier sieht man es ganz, ganz deutlich! Die essen Gras! ***Das war der berühmte Satz von Rudolph Scharping, mit dem er die deutsche Beteiligung am Kosovokrieg zu rechtfertigen versuchte. Wenige Tage später wurde bekannt, dass das Material gefälscht war. Es zeigte zwei UNO-Beauftragte im Gespräch und davor einen Mitarbeiter, der ein zu Boden gefallenes Dekret aufsammelte. – Nun ist Frieden im Kosovo! Albaner und Mazedonier und alle Menschen auf der Welt sind Freunde geworden. Die Großfirmen haben ihre Betriebe gegründet und ihre Waren angeboten. Die Menschen freuen sich und das »Regulativ des Reichtums« hat gewonnen. Viele Mitarbeiter und Opfer liegen hinter den Plakaten der erfolgreichen Waren. Sie schlafen und warten auf den Tag, an dem man sie aufweckt, um auch aufs Bild der Erfolgreichen zu kommen. Das wird sicher passieren, und trotzdem wird sich keiner retten können, denn die Zeit ist schon lange abgelaufen …*** Und wem das als Beweis immer noch nicht reicht, dem darf ich eigenhändig die Ohren lang ziehen! Ja? Darf ich das? Ich denke schon! Ich glaube, das genügt! Das sind Beweise, die nicht mehr von der Hand zu weisen sind! *lange Pause* Und deshalb heißt es jetzt mit aller Sorgfalt bombardieren! Wir müssen plattkloppen, wegputzen, bombardieren. Ganz präzise bombardieren! Umpflügen …

Isidor teilt dem Kanzler flüsternd mit, dass Doris entführt worden ist. Der Kanzler hört gefasst zu.

ISIDOR *versehentlich ein wenig zu laut* … in einem Ökoshop …

KANZLER Die Hillu oder die Doris?

ISIDOR Die Doris!

Der Kanzler sieht lange und erschüttert ins Publikum, geht dann hinter das Pult zurück. Isidor bezieht wieder Position im Hintergrund.

KANZLER *Pause; ringt nach Fassung* Ja. Ja. Wir dürfen jetzt nicht in diesen Empfindungen baden. Ich beende jetzt die Veranstaltung im Interesse unseres Kanzlers. Wir werden nur über entsprechende Ereignisse informieren. Wir sind guter Hoffnung, dass wir heute zu einem Ergebnis kommen werden. Wir halten Sie auf dem Laufenden. *Pause; benommen* Doris, wir denken an dich. Doris, wir lieben dich. Doris, wir senden dir nun alle Kraft. Kopf hoch … Bitte melde dich! *seufzt* Mehr kann man dazu nicht sagen im Moment. *Pause; schnell* Wir singen jetzt diese Nationalhymne. Das heißt, wir singen, Sie singen nicht.

Musik: Henri Mancini »Inspektor-Clouseau«-Thema.
Der Kanzler stellt sich mit Isidor an die Rampe, singt die Nationalhymne, verkleidet sich als Inspector Clouseau, eine Filmfigur aus den 80er Jahren, und spielt »Unser bester Mann bei Interpol«:

Der Vorhang geht auf. Kinderfasching im Kanzleramt: Rosmer ist jetzt der Gärtner, trägt aber ein Imkerkostüm mit einem riesigen Imkerhut. Heisenberg hat eine Gärtnerschürze umgebunden. Kroll ist der Koch mit einer steilen Kochmütze, weißer Schürze und einem überdimensionalen Messer. Margit in der Rolle der Hausdame trägt postterroristische Achtzigerjahreklamotten, eine Sonnenbrille und ist an ihrem großen Schlüsselbund zu erkennen. Susi gibt das Hausmädchen mit Schürze und Häubchen. Gernot ist der Chauffeur in dunkelblauer Livrée und Mütze. Rolli Koberg ist in die Rolle einer Krankenschwester geschlüpft mit Krankenschwesternschlüpfer, Stützstrümpfen, Gesundheitsschuhen, Kopftuch und Kittel. Sie alle sitzen auf Stühlen und Sofas im Wohnzimmer und bilden einen Halbkreis.
Der Kanzler ist jetzt der Kanzlerkommissar. Mit einem langen Schrei kommt er das Treppengeländer heruntergerutscht und landet im Wohnzimmer.

BILD 17: **DER KOMMISSAR KOMMT**

Die folgende Szene ist das Peinlichste, was »Rosebud« überhaupt zu bieten hat. Nicht wegen der Darsteller, sondern wegen der völligen Asynchronität zwischen dem, was Theater ist, und dem, was die Leute dafür halten. Wir haben deshalb den folgenden Teil sehr klein abgedruckt.

KANZLERKOMMISSAR *tritt in die Mitte des Raumes, schlau* Ich nehme mal an, Sie werden sich fragen, warum ich Sie alle hergerufen habe. *tritt dem Koch auf den Fuß*

Der Koch schreit laut auf. Vor Schreck holt der Kanzlerkommissar mit der Hand aus und schlägt gegen die Ritterrüstung, die umkippt und in ihre Einzelteile zerspringt.

KANZLERKOMMISSAR Das war wieder mal ein typisches Zeichen für den Zerfall einer Kultur.

Der Kanzlerkommissar versucht mit Hilfe von Isidor, die Rüstung wieder zusammenzubauen. Dabei bleibt er mit der Hand in dem Eisenhandschuh des Ritters stecken, an dem ein Morgenstern hängt.

KANZLERKOMMISSAR Mh. Halten wir das also fest ... *will keinen Block zücken, holt aber trotzdem mit der Hand im Eisenhandschuh aus und knallt dem Chauffeur den Morgenstern in den Magen* Ich meine das, was ich gerade gesagt habe.

Der Chauffeur sinkt bewusstlos vom Stuhl, steht aber sofort wieder auf und setzt sich neben Heisenberg.

GÄRTNER *mit starkem norddeutschen Akzent* Sie haben gesagt, Sie nehmen an, wir würden uns fragen, warum Sie uns alle hergerufen haben.

KANZLERKOMMISSAR *richtet sich vor ihm auf und schaut auf den Gärtner herunter* Hören Sie, es besteht überhaupt kein Anlass dazu, dass Sie sprechen, es sei denn, dass ich Ihnen eine Frage stelle. Wie ist Ihr Name?

GÄRTNER Charles, Gärtner.

KANZLERKOMMISSAR Und was machen Sie?

GÄRTNER Gärtner.

KANZLERKOMMISSAR Aus welchem Grund haben Sie mir das nicht sofort gesagt?

GÄRTNER Hab ich doch.

KANZLERKOMMISSAR Widersprechen Sie mir nicht! Überlassen Sie das bitte mir! Das ist eine sehr ernst zu nehmende Sache. Und jeder in diesem Zimmer hier *dreht sich zum Koch um* sitzt unter Verdacht.

KOCH *springt auf, flüchtet nach links vor dem Haus* Sitzt?

KANZLERKOMMISSAR *saust hinterher* Was haben Sie gesagt?

KOCH Sie haben gesagt »sitzt«.

KANZLERKOMMISSAR Ja, das weiß ich. Und die Chance ist sehr groß, dass jemand hier in diesem Zimmer mehr von dem Mord weiß, als er sagt.

KRANKENSCHWESTER *kreischt mit hoher Stimme* Mord? *springt auf und rennt nach vorne rechts vors Haus*

KANZLERKOMMISSAR *saust vom Koch zur Krankenschwester* Was haben Sie da gesagt?

KRANKENSCHWESTER Ich habe gesagt »Mord«.

KANZLERKOMMISSAR Welcher Mord?

KRANKENSCHWESTER Das weiß ich nicht. Sie haben gesagt »Mord«.

KANZLERKOMMISSAR Ich habe gesagt »Mord«?

KOCH Sitzt?

KANZLERKOMMISSAR *saust von der Krankenschwester zum Koch* Was haben Sie gesagt?

KOCH Sie haben gesagt »sitzt«!

KANZLERKOMMISSAR Ja, das weiß ich. Und die Chance ist sehr groß, dass jemand hier in diesem Zimmer mehr von dem Mord weiß, als er sagt.

KRANKENSCHWESTER *kreischt* Mord?

KANZLERKOMMISSAR *saust vom Koch zur Krankenschwester* Was haben Sie da gesagt?

KRANKENSCHWESTER Ich habe gesagt »Mord«.

KANZLERKOMMISSAR Welcher Mord?

KRANKENSCHWESTER Das weiß ich nicht. Sie haben gesagt »Mord«.

KANZLERKOMMISSAR Ich habe gesagt »Mord«? Sie haben gesagt »Mord«!

KRANKENSCHWESTER Ich habe »Mord« gesagt, weil Sie »Mord« gesagt haben!

KANZLERKOMMISSAR Ich habe »Mord« gesagt?

GÄRTNER *aus dem Wohnzimmer* Sie haben gesagt, die Chance ist groß, dass jemand hier in diesem Zimmer mehr von diesem Mord weiß, als er sagt.

KANZLERKOMMISSAR *saust von der Krankenschwester zum Gärtner* Ich will Ihnen mal was sagen … eh, wie war Ihr Name?

GÄRTNER Charles.

KANZLERKOMMISSAR Der Koch.

GÄRTNER Gärtner.

KANZLERKOMMISSAR Ahhh … *dreht sich zum Koch um* das bringt uns schon einen Schritt weiter. *holt mit der Eisenhand aus und haut Heisenberg mit dem Morgenstern gegen den Bauch*

GÄRTNER Haben Sie sich weh getan, Mr. Statterstatt?

Heisenberg tut so, als fiele er ohnmächtig vom Sofa. Dazu braucht er beide Hände und viel Zeit.

KANZLERKOMMISSAR Wer ist dieser Mensch?

GÄRTNER Das ist Mr. Statterstatt.

KANZLERKOMMISSAR Ahhh, und was machen Sie, Mr. Schatterstoff?

GÄRTNER Er züchtet Bienen für den Professor.

KANZLERKOMMISSAR Ich frage nicht Sie, sondern ich frage Mr. Stoffschotter!

KOCH Sitzt?

Der Kanzlerkommissar saust zum Koch. Der Gärtner hilft Heisenberg wieder aufs Sofa.

KANZLERKOMMISSAR Was haben Sie gesagt?

KOCH Sie haben gesagt »sitzt«.

KANZLERKOMMISSAR Ja, das weiß ich. Und die Chance ist sehr groß, dass jemand hier in diesem Zimmer mehr von dem Mord weiß, als er sagt.

KRANKENSCHWESTER Mord?

KANZLERKOMMISSAR Was haben Sie da gesagt?

KRANKENSCHWESTER Ich habe gesagt »Mord«.

KANZLERKOMMISSAR Welcher Mord?

KRANKENSCHWESTER Das weiß ich nicht. Sie haben gesagt »Mord«.

KANZLERKOMMISSAR Ich habe gesagt »Mord«? Sie haben gesagt »Mord«!

KRANKENSCHWESTER Ich habe »Mord« gesagt, weil Sie »Mord« gesagt haben!

KANZLERKOMMISSAR Ich habe »Mord« gesagt?

GÄRTNER Sie haben gesagt, die Chance ist groß, dass jemand hier in diesem Zimmer mehr von diesem Mord weiß, als er sagt.

KANZLERKOMMISSAR Ich will Ihnen mal was sagen … Wie war Ihr Name?

GÄRTNER Charles.

KANZLERKOMMISSAR Der Koch.

GÄRTNER Gärtner.

KANZLERKOMMISSAR *schlau* Ahh, das bringt uns schon einen Schritt weiter. *holt mit der Eisenhand aus und haut Heisenberg mit dem Morgenstern gegen den Bauch*

GÄRTNER *schnell* Haben Sie sich weh getan, Mr. Statterstatt?

Heisenberg geht umständlich zu Boden.

KANZLERKOMMISSAR Wer ist dieser Mensch?

KOCH *von draußen* Das ist Mr. Statterstatt!

KANZLERKOMMISSAR Ahh, und was machen Sie, Mr. Schatterstoff?

GÄRTNER Er züchtet Bienen für den Professor. *hilft Heisenberg wieder hoch*

KANZLERKOMMISSAR Ich frage nicht Sie, ich frage Mr. Stoffschotter! Was ist, was hat er gesagt?

GÄRTNER Er ist furchtbar erkältet und deswegen kann er nicht sprechen.

KANZLERKOMMISSAR Er kann nicht sprechen? Das wird ja immer schöner! Ein Bienenzüchter, der nicht sprechen kann, ein Koch, der glaubt er sei Gärtner, und eine Frau, die von Mord spricht.

KRANKENSCHWESTER Mord?

KANZLERKOMMISSAR *überhört es* Aber wenn Sie glauben, dass Sie mich durch ihre gezielte Verwirrungstaktik nervös machen können, haben Sie sich geirrt! Mich kann nichts aus der Fassung bringen.

Die Hausdame summt wie eine Biene. Das Mädchen steht auf und präsentiert dem Publikum einen tellergroßen Pappflügel. Der Kanzlerkommissar holt aus und lässt den Morgenstern auf den Pappflügel sausen, um die Biene zu töten. Das Mädchen lässt den Flügel fallen.

KANZLERKOMMISSAR Wenn Sie wieder sprechen können, Mr. Schrottschlecker, würde ich Ihnen empfehlen, Ihre Bienen zu zählen. Sie werden dabei vielleicht feststellen, dass eine fehlt.

MÄDCHEN *vorwurfsvoll ins Publikum* Der Flügel ist nicht mehr zu reparieren! *tritt dem Kanzlerkommissar auf den Fuß und setzt sich wieder*

KANZLERKOMMISSAR *schreit höllisch auf* Auuu! *ernst* Was ist ein alberner Flügel im Vergleich zu dem schrecklichen Verbrechen, das hier verübt wurde.

HAUSDAME *steht auf, mit aristokratischer Strenge* Das ist ein unbezahlbarer Steinway.

KANZLERKOMMISSAR Jetzt nicht mehr. Darf ich fragen, wie Ihr Name ist?

HAUSDAME Mrs. Leverwilly.

KANZLERKOMMISSAR Mrs. Cleverwilly, ich brauche nicht eine Sekunde, um zu erraten, dass Sie hier die Hausdame sind *schlägt gegen ihren Schlüsselbund* Hab ich Recht?

HAUSDAME Ganz recht. Ich bin hier seit dreißig Jahren bei Herrn Rosmer.

KANZLERKOMMISSAR Das macht Ihre außergewöhnlich hysterische Reaktion verständlich, mit der Sie auf den kleinen Unfall reagiert haben.

KOCH Unfall?

KANZLERKOMMISSAR *saust von der Hausdame zum Koch, sieht ihm in die Augen, reißt sich den falschen Schnurrbart aus dem Gesicht und klebt ihn dem Koch an* Was immer einem leblosen Objekt passiert, ist reparabel. Die Entführung der Kanzlergattin ist bedeutend schlimmer. Und es ist meine Aufgabe, den oder die dafür Verantwortlichen der gerechten Strafe zuzuführen. *führt den Koch in die Küche zum Verhör*

Die anderen kommen neugierig aus dem Wohnzimmer und schauen dabei zu.

KANZLERKOMMISSAR Also, was wissen wir? *stützt sich mit der Eisenhand auf der heißen Herdplatte ab* Erstens, dass die Gattin unseres hochverehrten Kanzlers entführt worden ist, zweitens, dass daran jemand oder auch mehrere beteiligt waren. Drittens, dass meine Hand sich langsam erwärmt. *Pause; rennt mit einem lang gezogenen Schrei von der Küche ins Wohnzimmer und kühlt die Eisenhand in einer Blumenvase* »Zisch«! *ab*

ALLE *hinter dem Kanzlerkommissar her* »Zisch«!

Schlusstakte »Clouseau«-Musik.

Licht aus. Alle bis auf den Gärtner und den Koch gehen durch das Haus ab.

BILD 18: **DER WAHRE KERN DER VERZWEIFLUNG**

Ich bin deshalb auf diese Krankheit gestoßen, weil ich genau vor eineinhalb Jahren für ca. sechs Wochen an meinem Penis einen kleinen Knubbel entdeckt habe. Mein Arzt sprach damals von einer Kalkablagerung. Da ich meinen Schwanz aber gerne benutze, konnte ich mir nicht vorstellen, dass sich dort Kalk ablagerte. Ich verbrachte Nächte im Internet und gab das zuständige Wort ein: INDURATIO PENIS PLASTICA oder auch IPP. Was ich dann zu lesen bekam war unglaublich. Zitat: »Die Induratio penis plastica ist sehr viel häufiger als bisher angenommen. Mehr als 3% der Männer leiden an der lokalisierten Bindegewebekrankheit, die zu tastbaren Verhärtungen der Tunica albuginea, schmerzhaften Erektionen und Penisdeviation führen kann. Dabei nimmt die Häufigkeit mit dem Alter zu. Dies zeigt eine große Fragebogenstudie, an der über 4400 Männer aus dem Großraum Köln teilnahmen. Wie Kollegen der Urologischen Universitätsklinik Köln in einem Poster anlässlich der 13. Jahrestagung der Deutschen Gesellschaft für Andrologie mitteilten, waren die über 70-jährigen Männer am häufigsten von der IPP betroffen. Sie antworteten zu 6,5% auf die zuvor in anderen Untersuchungen validierten Fragen positiv. Bei den 60- bis 69-Jährigen erreichte die

Quote 4%, bei den 40- bis 59-Jährigen 3%. Jüngere Männer berichteten mit 1,5% deutlich seltener über Veränderungen im Sinne der Induratio penis plastica.« Mein Knubbel verschwand nach gut zwei Monaten von selber. Ohne Therapie, weil es die sowieso nicht gibt. Seitdem begleitet mich die latente Angst, dass das, was einen Mann immer so stolz macht, irgendwann nicht mehr da sein wird. Jedenfalls nicht in der Form, die er seit frühester Zeit kennt. Ich fordere deshalb die Medizin und die Bundesregierung auf, die Forschungsgelder für diese Krankheit aufzustocken und auf den Transrapid zu verzichten und die IPP genauso ernst zu nehmen wie Alzheimer oder Krebs! Meine Befürchtungen gehen sogar dahin, dass ein großer Teil der anwesenden männlichen Kritiker unter dieser Krankheit leidet und deshalb so allergisch reagiert hat. Wir müssen damit rechnen, dass das, was man uns als Abneigung verkauft, nur aus der Verzweiflung heraus geschieht, entdeckt zu werden! Nicht nur deshalb gehört die folgende Szene zu meinen Lieblingsszenen (www.induratio.de)

Der Gärtner im Imkerkostüm ist jetzt wieder Rosmer. Der Koch ist wieder Kroll. Beide tragen aber noch ihre Kostüme.

ROSMER *kommt wimmernd nach vorne, greift sich in den Schritt* Au! Aua! Auauuaaa!!!

KROLL *tritt aus der Küche links neben Rosmer* Was ist denn, Rosmer?

ROSMER Mein Penis! Mein Penis! *zieht Kroll mit sich auf die Vorbühne*

Der Vorhang schließt sich hinter beiden.

KROLL Was ist mit Ihrem Penis? Haben Sie Stockschmerzen? Stangenfieber?

ROSMER *die Hände im Schritt, aggressiv* Kroll, ich habe Ihnen doch erzählt, dass ich seit Wochen so einen ziehenden Schmerz zwischen den Beinen habe. Zuerst dachte ich, es wäre »Induratio penis plastica«.

KROLL Was? »Induratio penis plastica«? Was ist das?

ROSMER *wichtig* Das ist eine Totalverholzung des Penis. Puccini hat das auch gehabt, aber mein Schwanz ist noch schlimmer dran. *schaut unter sein Kostüm in seinen Schritt* Ich habe den Verdacht, es ist Peniskrebs. *drückt zwischen seinen Beinen herum*

KROLL Was? Was reden Sie da? Peniskrebs? Gibt es sowas? *fasst sich instinktiv selbst an den Schritt, mit zunehmender Panik* Ich denke, das ist unmöglich. Rosmer, reißen Sie sich zusammen! Wir haben hier die Polizei im Haus. Denken Sie an unsere Zeitung! Unsere Zeitung steht auf dem Spiel.

ROSMER Ich habe so furchtbare Angst, dass es etwas Schlimmes ist. Kroll, ich habe so wahnsinnige Angst. Ich bin wie gelähmt. Hier, hier schau'n Sie … *zieht seinen Penis hervor und tastet fasziniert daran herum* Das sind doch Knoten. Das sind doch kleine, harte Knoten. Fühlen Sie? *nimmt Krolls Hand und lässt ihn auch mal tasten* Die fühlen Sie doch auch! *leise und bedrohlich* Sagen Sie mir die Wahrheit!

KROLL *konzentriert* Ja. Fühl ich auch. *fasst in die eigene Hose* Aber … Ist das nicht … Das hat doch … *holt seinen eigenen Penis heraus, betrachtet ihn skeptisch* Das hat doch jeder, oder? Das hab ich doch auch. *zum Publikum* Solche Knoten hat doch jeder. Das ist doch ganz normal, sowas … *will sich wieder Rosmers Penis anschauen* völlig normal! Wo isser denn?

ROSMER *untersucht genau Krolls Penis* Nein, das ist kleiner! Bei Ihnen ist es viel kleiner! Bei mir ist es doch viel größer! *wendet sich wieder dem eigenen Penis zu, lässt Kroll bei sich fühlen*

KROLL *verärgert* Aber Rosmer, reißen Sie sich zusammen! Denken Sie an unsere Zeitung! Am Sonntag geht's los! *mit Blick auf Rosmers Penis* Das ist doch kein Aufhänger! *plötzlich nachdenklich* Oder vielleicht doch? *sieht plötzlich Schlagzeilen vor sich, zieht dabei abwesend den ganzen Gummipenis aus der Hose und textet immer zuversichtlicher* »Verholzung der Fortpflanzungsorgane« … »Penisverholzung entschlüsselt!« … »Gentechnologie bekämpft Penisholz« … »Kahlschlag im Schritt« … »Wenn der Mensch zu Brennholz wird« …

Musik: Reprise »Inspector Clouseau«.
Der Kanzlerkommissar tritt von der Seite vor den Vorhang und betrachtet zufrieden die Szene.

KROLL *begeistert* »Penisknubbel ab 45« … *hält den Penis hoch wie einen Zeigefinger* nein, NEIN! … »nach '45« ist besser … Das wär doch was! Das würde einen doch interessieren … Sonntags beim Frühstück, so als Antwort auf die »Welt«.

KANZLERKOMMISAR *tritt dicht links neben Kroll* Ah ja. Sehr interessant. Mmh. Aha! Was ist hier los? Ein Bienenzüchter, der nicht sprechen kann, ein Koch, der glaubt, er sei der Gärtner, eine Frau, die von Mord spricht … *geht um die beiden herum und stellt sich nickend, mit verschränkten Armen neben Rosmer* und der größte Verleger Deutschlands homosexuell! Im Namen des Gesetzes, Sie sind verhaftet! Festnehmen!

Musik aus.

KROLL Wie bitte? Ich höre wohl nicht richtig. Rosmer ist krank! Rosmer ist sehr schwer krank!

ROSMER Nein, nein. Ich bin doch nicht krank. Ich hab nur solche Angst, dass es etwas Schlimmes ist!

Der Vorhang öffnet sich. Die Vorderfront des Hauses wird sichtbar.

ROSMER Dass diese Knoten nie wieder weggehen, dass man vielleicht das ganze Ding, das ganze Ding entfernen muss! Ja, ich überlege sogar, ob es nicht besser wäre, das Ding direkt abzuschneiden und den Rest nach innen zu stülpen. *zum Publikum* Ich hatte schon immer das Gefühl, dass große Anteile von mir einfach weiblich sind. *dreht sich abrupt um und läuft ins Haus* Margit! Margit! Ich habe Neuigkeiten! *begeistert* Margit! Margit! Ich habe Neuigkeiten!

BILD 19: **DEUTSCHLAND RECHNET AB**

Bedrohliche Musik: Filmmusik »The Chase« von John Barry.

Ab jetzt war allen klar, dass es hier um Kommunikation durch Kommunikationsabbruch ging. Dadurch, dass keiner mehr mit dem anderen leben wollte, begann sich der Kreis zu schließen und die tieferen Verteidigungsstrategien kamen zum Vorschein. Wer mich zum Freund hat, braucht keine Feinde mehr und umgekehrt. Und wer in Not versucht den falschen Freund, verwandelt ihn sogleich in einen Feind! – Der Kommissar machte den Anfang. *Mit einem wilden Schrei reißt der Kanzlerkommissar seine Maske vom Gesicht und zeigt, wer er wirklich ist: Der Kanzler! Kroll ist entsetzt.* ***Damit hatte er sowieso schon gerechnet, aber dramaturgisch war es besser, so zu tun, als wäre er überrascht. Das ist die Qualität des Theaters.***

KANZLER Kroll, es ist vorbei.

Die Musik erreicht ihren Höhepunkt.

Kroll nimmt die Kochmütze ab und zieht seine Schürze aus. Beide krempeln die Ärmel ihrer Hemden hoch, ohne sich aus den Augen zu lassen.
Grillenzirpen. High Noon.

KANZLER *männlich* Die Sache hat ein Ende, Kroll! Es wird keine Zeitung geben. Ich habe es mir anders überlegt. *geht nach hinten auf die Brücke* Zu viele Opfer, die man bringen muss, Guido. Ich will's nicht mehr. *zieht seinen Schlips aus, öffnet die oberen Hemdknöpfe* Schluss! Aus! Feierabend! *geht in die Küche*

KROLL *geht in wiegendem Cowboygang zur Brücke* Aber das kann doch wohl nicht wahr sein! *kickt imaginären Wüstenstaub weg* Gerhard! *geht wie ein Panther hin und her* Das ist alles so wahnsinnig wichtig hier. Die Zeitung und überhaupt – da stecken so viele gute Ideen drin! Die Arbeit von Jahren!

KANZLER *kommt mit einer kleinen flachen Pfanne aus der Küche zurück* Nein. Es ist vorbei, Guido. *bleibt breitbeinig auf der Brücke stehen, schlürft aus der Pfanne* Ich setze die Zeitung ab. Die Gesellschaft braucht keine Zeitung mehr. Es ist sowieso schon alles gesagt. *geht auf Kroll zu* Die Gesellschaft will Bilder. Schau mich an, Guido! *boxt ihn in die Seite* Wir brauchen Bilder. *schlürft aus der Pfanne* Die Reflexion darüber ist jedem selbst überlassen. Der Rest, Guido, ist Ohnmacht. ***Noch einige Minuten, dann wird klar, dass der Kanzler hier nicht das Vor-bild, sondern das Nach-bild meint. Die Reflexion über äußere Bilder hat keinen direkten Bezug zum positiven Nichts. Denn das Nichts ist das Nichts von etwas, und das ist wahrscheinlich das Nachbild. Siehe oben und unten bei Adorno.*** *geht an Kroll vorbei und hockt sich vor ein imaginäres Lagerfeuer*

KROLL Was für eine Ohnmacht? Die Ohnmacht der Politiker? *wütend* Denen ich ihr verdammtes Hirn im Massentanz der Vernichtung auspumpen werde? Meinst du die? Wo war denn euer verdammter Staat, als ich ihn gerufen habe?

KANZLER *beschwichtigend* Hey … Mann!

KROLL Wo hast du denn all deine miesen Jahre verbracht?

KANZLER *sieht zur Seite* Hey … Mann!

KROLL Du miese Drecksau! Ich habe so an dich und diesen Staat geglaubt. *setzt sich resigniert aufs Brückengeländer* Aber du hast mich im Stich gelassen, ihr habt mich alle im Stich gelassen, und ich hätte alles für euch getan, alles!

KANZLER *steht auf, setzt sich hinter Kroll aufs Geländer* Es ist vielleicht besser, wenn wir über diese Sache unter vier Augen reden.

KROLL Ach ja? *springt auf* Ist das wirklich besser? *rennt ins Haus* Das lasse ich nicht zu. *kommt mit zwei Gewehren heraus, von denen er eines dem Kanzler zuwirft* Das lasse ich nicht zu.

Sie veschwinden im Haus.

Musik: »Veronika Voss«. ***Die Geschichte einer Frau, die nicht wahrhaben will, dass ihre Karriere beendet ist. Ähnlich wie Billy Wilders »Sunset Boulevard«. Nur noch wenige Minuten, dann wird auch diese Musik gespielt …*** *Die Bühne dreht langsam nach links.*

BILD 20: **EIN SCHWANZ FÜR CASABLANCA**

Spot auf die Küchentür.
Margit und Rosmer treten heraus. Margit trägt einen Koffer.

MARGIT *drückt Rosmer den Koffer in die Hand* Hab keine Angst, Rosmer! Geh in den Kampf! Ich habe immer an dich geglaubt.

Der Kanzler taucht mit Gewehr hinter dem linken Portal auf und läuft gegen die Bühnendrehung. Margit geht schnell in die Küche und holt Butterbrote.

ROSMER Du musst verstehen – das ist nicht leicht für mich, ein Mann zu sein und gleichzeitig auch noch Verleger. Du verstehst, der große Erfolg der FAZ und jetzt auch noch die Angst um die »Berliner Seiten«! Wenn das so weitergeht, dann müssen wir die einstellen … *greift sich an den Kopf* Ach Margit! Ich habe so viele Artikel im Kopf, rasende Kopfschmerzen, ein ständiges Pochen ist das. Ich komme mir vor wie in »13 Monde«, nur schlimmer. Ein Sägen und Hämmern, die ganze Nacht! Die ganze Nacht!

MARGIT Rosmer, was hast du vor?

ROSMER Ich habe gehört von einer Klinik in Casablanca. Ich habe gehört von der Möglichkeit, ein anderer Mensch zu werden. Ich habe aber auch davon gehört, ein Mensch zu werden, der man früher einmal war. Oder ein Mensch, der in einem gewohnt hat, bevor man das wurde, was die Menschen von einem wollten. Verstehst du?

MARGIT Ja, Rosmer. Es müsste möglich sein, ein früherer Mensch zu werden. Kein hasserfüllter Streit mehr. Nur noch Wettstreit. Aller Augen auf das gleiche Ziel gerichtet. Alle Willenskräfte, alle Sinne nach vorne strebend – nach oben. Jeder auf seinem eigenen, naturgegebenen Weg. Glück für alle – geschaffen von allen! *fasst Rosmer ermutigend an den Händen*

Die Bühne stoppt. Rückfront des Hauses.

ROSMER Ja, Margit. *entschlossen* Ich will den Wettstreit mit mir selbst. Einen Wettstreit nur noch mit mir selbst. ***Schlüsselsatz aus »Rosmersholm« von Ibsen*** *umarmt Margit* Leb wohl. *geht zügig nach rechts ab*

MARGIT Ja, Rosmer. *ruft ihm hinterher* Geh in den Kampf! Jetzt gibt es kein Zurück mehr! Die Vergangenheit ruft! *geht ins Haus ab*

BILD 21: **SHOWDOWN**

Musik: »The Chase«.
Grillenzirpen. Sturm. Die Bühne dreht weiter nach links.
Kroll treibt den Kanzler mit dem Gewehr aus dem Haus.

KROLL *zielt auf den Kanzler* Bleib stehen, du Schwein! Was meinst du, warum ich das alles getan habe?

KANZLER *mit gesenktem Gewehr* Keine Ahnung, warum du so dumm warst.

KROLL Dumm? Du nennst mich dumm, ja? Bleib stehen! *treibt ihn zur Rampe, lacht* Ich dachte immer, ein so genannter frei denkender Mensch könne sich über alle Skrupel hinwegsetzen. Also doch nicht! Eigentlich wusste ich es ja. Der Nachkomme dieser Politiker, die hier auf uns herunterschauen – dieser Nachkomme kann sich nicht losreißen von dem, was sich von Generation zu Generation vererbt.

Die Bühne stoppt. Vorderfront des Hauses.

KANZLER Aber Guido, wir sind doch eine Familie! ***Im Notfall immer verbrüdern, familiäre Wurzeln suchen. Auch das verschafft Zeit.***

KROLL Ach ja, sind wir das? Dann hättest du darauf Rücksicht nehmen sollen, wenn du etwas für mich empfunden hättest. *lacht* Aber so ein Gefühl kennst du ja gar nicht. Dein Hintergrund unterscheidet sich ja so himmelhoch von meinem.

KANZLER Welchen Hintergrund meinst du?

KROLL Ich meine den Hintergrund der Geburt. Der Herkunft. Die Umstände deiner Geburt.

KANZLER Meiner Geburt? Was weißt du denn von meiner Geburt …

Rolli und Gernot erscheinen in der Küchentür.

Musik: »Blue Velvet«.

Hier taucht wieder Schlingensief als Rolli auf. Er ist splitternackt und trägt Fotografien von führenden Mitarbeitern der FAZ auf den Schultern. Der Dramaturg ist verärgert. Seine Theorie, Schlingensief wäre nun bereit, völlig stückimmanent zu arbeiten, geht vor die Hunde. Zitat aus der Ankündigung zum Stück: »Die Spaßgesellschaft ist zu Ende. Christoph Schlingensief kehrt ins Theater zurück. Zum ersten Mal seit ›Schlacht um Europa‹ (1995) versteht er seine Theaterarbeit nicht bloß als flankierende Maßnahme zu einer gesellschaftspolitisch ästhetischen Krisenintervention, sondern, ja als l'art pour l'art, als Kunstwerk, das sich selbst genügt. Und das in Zeiten der Cholera.« Doch nichts kann ihn bremsen. Für ihn ist es kein Rückfall, sondern eine durchweg plausible allergische Reaktion. Und Allergien sind Kämpfe im eigenen Körper. Sie werden zwar durch äußere Einflüsse hervorgerufen, aber in diesem Falle ist das Theater der Körper, und die Allergie auslösenden Stoffe befinden sich im selben Raum. Es sind Sporen der Erinnerung, Familienmitglieder, deren Blutsverwandtschaft nicht mehr von der Hand zu weisen ist, wie der folgende Text beweist.

SCHLINGENSIEF Sehr viel. Wir wissen mehr über dich, als dir lieb ist.

GERNOT Deine Mutter hat dich unter Schmerzen geboren, Gerhard.

KANZLER *zornig* Na und? Ich habe keine Lust, in dieser Gesellschaft als uneheliches Kind herumzulaufen.

KROLL *aggressiv* Ach ja? Und deshalb sollte ich eine Zeitung machen, die alles durcheinanderrührt?

KANZLER Was heißt hier »durcheinanderrührt«? ***Gemeint ist das Zusammenleben in der Berliner Republik.*** Wir müssen die Dinge integrieren. *zu Gernot* Sag's ihm! Sag's ihm!

GERNOT *kommt mit großen Schritten über die Brücke auf den Kanzler zugelaufen* Erstens: Ich greife nur Sachen an, die siegreich sind. Zweitens: Ich greife nur Sachen an, wo ich keine Bundesgenossen finden würde, wo ich alleine stehe – wo ich mich allein kompromittiere. Ich habe nie einen Schritt öffentlich getan, der nicht kompromittierte: das ist mein Kriterium des rechten Handelns. Drittens: Ich greife nie Personen an – ich bediene mich der Person lediglich wie eines starken Vergrößerungsglases, mit dem man einen allgemeinen, aber schleichenden, wenig greifbaren Notstand sichtbar machen kann. ***Nietzsches Lieblingsstelle. Ecce Homo. Er schreibt Postkarten und will von allen Beteiligten Autogramme.***

KANZLER Aber nicht, wenn du Kanzler bist und eine ganze Nation leiten musst! Man muss die Dinge miteinander verknüpfen! Damit sie merken, dass sie nicht mehr alleine sind. Wir brauchen Regulative, sonst fällt das ganze Gesellschaftssystem auseinander und meine Macht ist im Eimer! *heftig* Es gibt keine Lösungen mehr, es gibt nur noch die Tat!

SUSI *rennt auf den Kanzler zu* Lüge! Das ist eine verdammte Lüge! *wütend* Du willst nur, dass die Dinge nicht mehr kenntlich sind! Jeden und alles willst du aufsaugen! Du willst, dass die Grenzen verwischen!

KANZLER *entnervt* Was weißt du denn von Grenzen? Ich hol die Polizei!

KROLL *aggressiv aus dem Hintergrund* Ja! Dann hol sie doch! Mach uns alle alle! Aber tief in uns ist die Revolution ausgebrochen.

Susi geht zu Kroll.

KROLL *zärtlich* Susi und ich bekommen ein Kind.

KANZLER Was? Ein Kind?

Dieser Schritt der Verwicklung ist immer dann notwendig, wenn man glaubt, man hätte sich endlich abgegrenzt. Siehe Boris Becker.

KROLL *nimmt Susi in den Arm* Ja, ein Kind. Rosmer weiß nichts davon. Er kann schon lange keine Kinder mehr zeugen.

KANZLER Und Susi?

SUSI *glücklich* Ich bin das uneheliche Kind von Nico und Alain Delon. Meine Mutter stand unter Drogen. Die Nadel steckte in ihrem Arm, als man sie mit Sperma zwischen den Beinen fand. Mein Vater war damals mit Udo Kier zusammen, weil der sich von Jean Marrais getrennt hatte. Wäre Cocteau nicht schwul – ich wäre mir nicht sicher, ob er nicht mein Vater wäre.

KANZLER *endgültig* Ihr seid doch alle kaputt von Drogen!

SCHLINGENSIEF *nimmt es persönlich, explodiert* Drogen? Was weißt du denn von Drogen, Gerhard? Ich kann gar keine Drogen nehmen! Ich werde verrückt von Drogen! Das Einzige, was ich nehmen kann, sind Zigaretten, normale Zigaretten, und etwas Whisky ab und zu. Bei Koks bekomme ich Platzangst, und bei Haschisch bricht mein Kreislauf zusammen. *überlegt, zögert* EDMUND! – ***Pause. Das Publikum überlegt und gröhlt los.*** Ich will sterben, Edmund! Ich will bewusst sterben. *zu Gernot* Und ich will, dass du mich dabei filmst, Gernot. Wenn das Bild verwackelt, hat keiner was davon. *stürzt auf Gernot zu und umklammert seine Beine*

GERNOT Du siehst Scheiße aus, Christoph!

SCHLINGENSIEF Ja, ich weiß. Gib mir die Sonne! Ich will sterben. Ich will schlafen. Schlafen und träumen … Durchschlafen und erst wieder aufwachen, wenn ich die Fratzen um mich herum nicht mehr beim Namen kenne … Bis dahin will ich schlafen … Dann aufwachen und handeln, ohne zu wissen, wem ich zu nahe trete! Ich will endlich vergessen, um schuldlos morden zu können!

GERNOT *ruft in Richtung Küche* Heisenberg, holen Sie die Kamera!

Schlingensief rennt ins Haus und über die Treppe ins Schlafzimmer. Susi folgt ihm.

GERNOT *folgt Schlingensief und Susi* Denn auch ich fühle, wie das Grauen in mir aufsteigt. Es wird kühler an den Füßen, mein Rücken ist schon wie gelähmt. Aus den Nasenlöchern kommen Würmer … ***Doktor Faustus***

BILD 22: **DAS KLEINE LUNCHPAKET DER ARGUMENTE**

KROLL Hast du das gehört, Gerhard? Das sind die neuen Themen. Ich habe mir eine ganze Menge neuer Gedanken und Meinungen angelesen, Theorien, die vieles von dem, was bisher als fest und unwidersprochen galt, umzustürzen scheinen. Bis jetzt habe ich es nur intellektuell aufgenommen. Es ist mir nicht ins Blut übergegangen. Aber ab heute wird das alles anders!

Der Kanzler nimmt das Gewehr, zielt und schießt Kroll in den Hintern.
Kroll schreit auf.
Leise Musik: Philipp Glass, Violinkonzert.
Der Kanzler schießt noch einmal. Kroll geht zu Boden.

KROLL *krümmt sich* Ahhh! Gerhard! Was hast du gemacht? Du tust mir weh!

Der Kanzler stellt sich neben Kroll und betrachtet ihn ruhig.

KROLL Ich war doch liberal! Ich habe dir doch die ganze Scheiße vom Leib gehalten! Alles, was dich beschmutzen könnte in deinem Kanzlerdasein, habe ich weggedrückt! Und jetzt willst du mich töten! Weißt du was?

KANZLER Nein, was denn?

KROLL *hasserfüllt* Ich wünsche dir die Krätze an den Hals!

KANZLER Ach ja? Was weißt du denn schon? Du mieser kleiner Speichellecker! Jetzt ist es zu spät.

KROLL *abwesend* Es ist überhaupt nicht zu spät. Man kann alles noch als einen bedauerlichen Irrtum wegerklären.

KANZLER *kniet nieder, beugt sich über ihn, verächtlich* Na, dann mach das doch!

BILD 23: **DIE SCHULE DES STERBENS**

Kroll bewegt sich nicht mehr. Ist er tot?

KANZLER Guido? Was hast du denn ? Du bist so ruhig.

KROLL *nach langer Pause, beinahe zärtlich* Die Ruhe des Entschlusses.

KANZLER *hebt Krolls Kopf an; Pietà* Was für ein Entschluss?

KROLL *langsam* Ich werde dir zurückgeben, was du zum Leben brauchst. Deine fröhliche Unschuld sollst du zurückbekommen.

Musik aus.

KANZLER Welche Unschuld?

Stille. Auf dem Balkon steht Margit und zielt mit einer Knarre auf den Kanzler.

MARGIT Die Unschuld, nie geboren worden zu sein.

Der Kanzler dreht sich um.

BILD 24: **DIE 4. GENERATION**

MARGIT *scharf* Pass mal auf, Kleiner. Das ist die Stunde der Weißglut. Ich werde jetzt das System an einzelnen Punkten destruieren. Wollen wir mit deiner Kniescheibe anfangen? *schießt dem Kanzler ins Knie*

KANZLER Immer diese Ballerei! Ist ja furchtbar!

KROLL *robbt Margit entgegen* Margit …

Der Kanzler bricht plötzlich unter Schmerzen zusammen und robbt nach links, um sich in Sicherheit zu bringen.

MARGIT Na, heul doch. *kommt schnell die Treppe herunter und rennt mit Waffe im Anschlag auf die Männer zu* Pass auf, du Arsch! Ich habe immer gegen diesen Staat gekämpft. Ich stand nie auf der Seite der Polizei. Ich habe immer auf der anderen Seite gestanden. Ich bin mit Rudi in der ersten Reihe marschiert! Da haben die Straßen gewackelt. *schießt auf den Kanzler, ruft Kroll zu* Los Kroll, abstrahiere von deinem persönlichen Schmerz und investiere ihn in die Bewegung! Abstrahiere von deinem persönlichen Schmerz und investiere ihn in die Bewegung! Abstrahiere von deinem persönlichen Schmerz und investiere ihn in die Bewegung! Abstrahiere von deinem persönlichen

Schmerz und investiere ihn in die Bewegung! Abstrahiere von deinem persönlichen Schmerz und investiere ihn in die Bewegung! Abstrahiere von deinem persönlichen Schmerz und investiere ihn in die Bewegung! *ruft ihre Kinder* Los, Gernot, Susi, kommt runter! Bringt ihn in Sicherheit!

Gernot und Susi kommen aus dem Schlafzimmer über die Treppe geeilt, packen Kroll und zerren ihn ins Haus.

MARGIT *schreit den Kanzler an* Du bist ein Bourgeois geworden, Gerhard!

Die Musik wird lauter.

MARGIT Du bist ein verdammter Bourgeois! *schießt auf den Kanzler*

Margit rennt zurück ins Haus. Schüsse fallen. Der Kanzler robbt weiter nach links. Zwei Polizisten rennen auf die Bühne und schleppen den Kanzler ins Wohnzimmer. Eine GSG-9-Einheit stürmt das Haus. Die Bühne dreht eine Ehrenrunde. Es wird dunkel. Das Haus glüht auf: Im Schlafzimmer bereitet sich Rolli-Schlingensief auf seinen Selbstmord vor. Im Arbeitszimmer bekommt Susi ihr Kind mit Hilfe von Margit. Gernot filmt die Geburt und fängt an, die Apokalypse zu beten. Kroll lehnt verwundet am Schreibtisch. Der Kanzler hat sich inzwischen erholt und versammelt seine Truppen zur Lagebesprechung im Wohnzimmer. Der Rundhorizont wird heruntergefahren und in tiefes Rot getaucht. Heisenberg steht auf dem Balkon und schaut in die Welt.

Die Musik ist jetzt unerträglich laut und entgleist (Rückkopplung!). Das Haus versinkt im Boden. Lärm einer Passagiermaschine. Es wird dunkel.

BILD 25: **RAMPENSAU ADORNO**

Die Leinwand wird heruntergefahren. Der Kopf Adornos erscheint in monumentaler Größe. ***Aufzeichnung einer Beckett-Talkrunde von 1968; aus dem Privatarchiv von Carl Hegemann.***

ADORNO … weil das etwas, ja, ich möchte fast sagen: expressionistisch ist, dem Abstraktionsgrad nicht ganz entspricht. Andererseits: Ganz richtig tot sind sie auch nicht. Es sind Menschen, denen das – ich würde sagen: denen das Sterben misslungen ist. Und das ist nun das Höchstseltsame in der Beckett'schen Konzeption, dass die Utopie eigentlich der Tod ist. Also das, wonach die ganze Sehnsucht geht, ist das Aus, ist der Tod gegenüber dem Leben, das nichts als ein unendliches Leiden ist.

Musik: Alban Berg, »Fünf Sätze für Streichquartett, op. 5«, setzt leise ein.

ADORNO Nun, Herr Esslin hat das mit dem Buddhismus verglichen, und die Beziehung zum Buddhismus und zur Schopenhauer'schen Philosophie scheint ja zunächst auch wirklich sehr einleuchtend. Ich glaube trotzdem, wenn man sehr nuanciert dem nachgeht, dann ist es auch das nicht, sondern es ist – ja, also man könnte sagen: so etwas wie der Versuch – und ich darf mich hier auch auf gewisse Formulierungen von Beckett beziehen – eines positiven Nichts. Eines »nihil relativum«, also eines Nichts, das nur als Negation von etwas, was ist, überhaupt gefasst werden kann. Und die ganze unbeschreibliche Energie dieses Dichters kreist eigentlich immer um diesen einen Punkt, den man ganz einfach sich klarmachen kann: Dass man Nichts überhaupt nicht anders denken, nicht anders sich vorstellen kann, denn als das Nichts von etwas. Und diese Extrapolation des Nichts, dass ist eigentlich das, was ihm dabei vorschwebt. Und das metaphysische Motiv nun ist, dass sich mit der Geschichte, mit dieser banalen und zugleich völlig hoffnungslosen, todtraurigen Dreiecksgeschichte, die erzählt wird, diese Sehnsucht nach diesem positiven Nichts verbindet, das aber nun den Menschen versagt wird. Sie bringen es gleichsam nicht richtig fertig zu sterben … Und da kommt das philosophische Moment hinein, weil das logisch nicht vorstellbar ist, dass Nichts anders denn als ein Nichts von etwas vorkommen kann …

Die Leinwand fährt wieder hoch.

BILD 26: **FOLGST DU MIR ODER FOLGE ICH DIR? – FÜR ATTA ATTA**

Musik: Filmmusik »Sunset Boulevard«, Motiv Norma Desmond. ***Mittlerweile hat sich der halbe Saal geleert. Viele Zuschauer verlangen ihr Geld zurück. Eine Stimmung wie nach dem Atomkrieg, Steppe, Nacht. Wind streicht über die leere, ausgestorbene, verbrannte Erde. Der Kanzler ist am Ende, und Margits Traum von einem neuen Terrorismus hat sich zum Melodram verwandelt. So poetisch war es noch nie. Jeder Ansatz von Hoffnung verflogen. Genossene Ohnmacht. Ein später Sieg für Ingeborg Bachmann.*** *Der Kanzler sitzt deprimiert auf dem Brückengeländer. Margit tritt auf den Balkon. Spot auf Margit. Sie geht die Treppe hinunter und entschwindet. Kurz darauf krabbelt sie aus der Versenkung, richtet sich kurz wieder her und geht elegant auf den Kanzler zu.*

MARGIT Mr. DeMille, I'm ready for my close-up.

Musik: »Delarue«.

MARGIT Diese seltsame, geschmolzene Ruhe unserer Gesellschaft, die noch viel schlimmer ist als jeder Mord, jeder Tod. Diese Fassungslosigkeit angesichts der eigenen Ohnmacht.

Rosmer tritt von der linken Loge auf die Bühne. Er ist nun eine Frau und trägt Kleid und Perücke.

ROSMER Margit!

MARGIT Rosmer! *rennt mit ausgebreiteten Armen auf ihn zu*

Der Kanzler steht auf und betrachtet die Szene.

BILD 27: **ICH VERLASSE DICH!**

MARGIT Um Gottes Willen, wie siehst du denn aus? Du warst ein hübscher Mann, Rosmer. *wendet den Blick von ihm ab ins Publikum* Du wolltest Berge versetzen. Aber du warst nicht gut genug. Deine Zeitung war schon entschlüsselt, bevor du zur Welt kamst. Das ist dein Schicksal. Du wolltest dich selber entschlüsseln und hast dabei deinen Schwanz geopfert.

ROSMER *ins Publikum* Aber ich tat das alles nur aus Liebe. ***»Citizen Kane«***

MARGIT *sieht ihm in die Augen* Liebe? Ja. Ich sollte dich lieben. *weicht zurück* Du gibst, was man will. Und dafür willst du Liebe. *wendet sich nach rechts ab* Sag jetzt nicht, dass es dir Leid tut.

ROSMER Es tut mir Leid, Margit.

MARGIT Ich verlasse dich trotzdem.

ROSMER Aber ich bin jetzt eine Frau. Ab heute wird alles so, wie du es wünschst. Nicht so, wie ich denke, dass du es dir vorstellst. Du darfst nicht gehen. Das darfst du mir nicht antun.

MARGIT Dir? *lacht höhnisch auf* Das ist es ja gerade. Dir wird etwas angetan. Um mich geht es überhaupt nicht. Weißt du, was das für mich bedeutet? Ich kann dir das nicht antun? Doch, das kann ich. *geht ab in die linke Seitenloge*

Musik aus.
Der Kanzler tritt zu Rosmer

KANZLER Nimm's nicht so schwer, Rosmer. Du bist ein feiner Kerl. Es ist zu viel für einen allein. Warum gerade jetzt den Mut aufgeben? Wir hätten schon lange daran denken sollen. So um 1900. Hand in Hand hätten wir uns vom Eiffelturm gestürzt mit den Ersten. Da sahen wir noch anständig aus. Jetzt würden sie uns noch nicht einmal mehr hinauflassen. *geht ab*

Rosmer sinkt weinend auf seinen Koffer.

ROSMER Rosebud … Rosebud … *nimmt den Hut ab, zieht die hochhackigen Schuhe aus und stellt sie ordentlich neben sich*

Plötzlich lautes Rumpeln im Haus. Kroll hat sich verwandelt. Er sieht aus wie ein Liberaler, der die 68er für sich entdeckt hat, klettert aus dem Untergrund und kommt nach vorne.

KROLL Ich wollte nur Zigaretten holen, da sind sie über mich hergefallen. Solange es keine Kronzeugen-Regelung gibt, gehe ich nicht mehr vor die Tür. Ich weiß doch selber, dass das hier eines Tages alles untergehen wird. All die Buchstaben … Es gibt doch keinen mehr, wegen dem man eine Zeitung kauft. Und wenn doch, dann nur, weil man seine Meinung sowieso schon teilt. Ich bin völlig unparteiisch. Ich gehe hier einfach mal mit, weil mir das Gefährliche im Moment sicherer vorkommt als der Rechtsstaat. *brüllt* Ich bin im Arsch! Ich bin total im Arsch! ***In einer Zeit, in der man das Geschriebene als letzte Instanz akzeptiert hat, ist es egal, ob etwas geschrieben ist oder nicht. Erst wenn das Lernfach Filmgeschichte in die Schulen aufgenommen wird, wird man feststellen, dass es zwischen den Bildern und auch den Wörtern Dunkelphasen geben muss, damit die Dinge in Bewegung bleiben. Die wahre Information ist das Nachbild.***

ROSMER *unter Tränen* Kroll!

KROLL Rosmer! Da bist du ja. *setzt sich zu Rosmer auf den Koffer* Oh, ich freu mich so. Was ist passiert?

ROSMER *hört auf zu weinen, zärtlich* Kroll! Kroll!

KROLL *fasst ihn bei den Händen* Gut siehst du aus! Hast du dein Versprechen also eingehalten.

ROSMER *ins Publikum* Ich kann dich sehen, Kroll. Weiser und weiter als jemals zuvor. *zieht ein Spitzentaschentuch hervor*

Hier schließt sich wieder der Bogen zur Rosmersholmszene vom Anfang.

KROLL Wenn du gehst, gehe ich mit dir. Rosmer, jetzt lege ich meine Hand auf deinen Kopf. *tut es* Und nehme dich zu meiner rechtmäßigen Frau.

ROSMER Danke. Und jetzt gehe ich – fröhlich!

KROLL Mann und Frau sollten zusammen gehen.

ROSMER Nur bis zum Steg.

KROLL Auch auf ihn. So weit du gehst, so weit gehe ich mit dir. Jetzt habe ich keine Angst mehr.

ROSMER Bist du ganz sicher, dass dieser Weg für dich der beste ist?

KROLL Oh ja. *entschieden* Der Schlaf der Vernunft gebiert Ungeheuer! Dieser Schlaf hat die Dritte Generation hervorgebracht und wird weitere gebären!

ROSMER Geächtete Außenseiter, von sich selbst am meisten geächtet, ungeliebt, von sich selbst am meisten ungeliebt. *zupft an seinem Taschentuch*

KROLL Ja, es gibt eine merkwürdige Nähe zu manchen Menschen, die sich gleich mit dem ersten Blick herstellt. Sofort hat ein solcher Mensch eine Bedeutung und wirft seinen Schatten voraus. Die letzte Nähe, die ich in dieser Art gespürt habe, war die Nähe zu Atta Atta … Rosmer, wie er zielstrebig in die Türme raste!

Pause.

BILD 28: **ATTA ATTA**

ROSMER Folgst du mir? Oder folge ich dir?

KROLL Das werden wir niemals ganz wissen.

ROSMER Ich würde es aber doch gern wissen.

KROLL Wir zwei folgen einander. Ich dir und du mir. In einem solchen Jahr mit dreizehn Monden sind Menschen besonders gefährdet, die ihre unerträgliche Einsamkeit nicht mehr länger dulden können und sich zurückziehen in den Tod.

ROSMER Ja. Jetzt sind wir beide eins.

KROLL Ja, jetzt sind wir eins. Komm, lass uns fröhlich gehen.

Musik: Das »Sunset-Boulevard«-Thema wird weich eingespielt.

Kroll nimmt sein Palästinenser-Tuch und legt es über sich und Rosmer. Beide gehen Hand in Hand über die Brücke ab.

Vorhang zu.

Musik: Finale »Sunset Boulevard«.
Ende.

Der Applaus war so gewaltig, dass das Stück noch am selben Abend wiederholt wurde. Beginnen Sie deshalb wieder bei Seite 5 und lesen Sie das Stück diesmal als Friedenserklärung. Danach gehen Sie schlafen und lesen am nächsten Tag die Apokalypse des Johannes. Auch diese lesen Sie bitte zweimal! Einmal aus der Sicht eines Menschen, den man verstoßen hat und der sich seinen Frust von der Seele schrieb, und dann beim zweiten Mal als Text eines Menschen, der den anderen Angst einjagen wollte, damit er wieder in den Kreis der Spekulanten aufgenommen wird. Herzlichen Dank.

Ich bin ein Anarchist, Madame: **WUTTKE, ROIS**

Das Abspielgerät ist im Wohnzimmer: **HARA-FRANKE, HINRICHS, WUTTKE, ROIS, HOSEMANN**

Japanisches Opferritual: **HARA-FRANKE, SPENGLER**

Die Unschuld, nie geboren worden zu sein: **HARA-FRANKE, WUTTKE**

Guter Terrorismus kam immer vom Dorf: Gerhard: **SCHÜTZ**

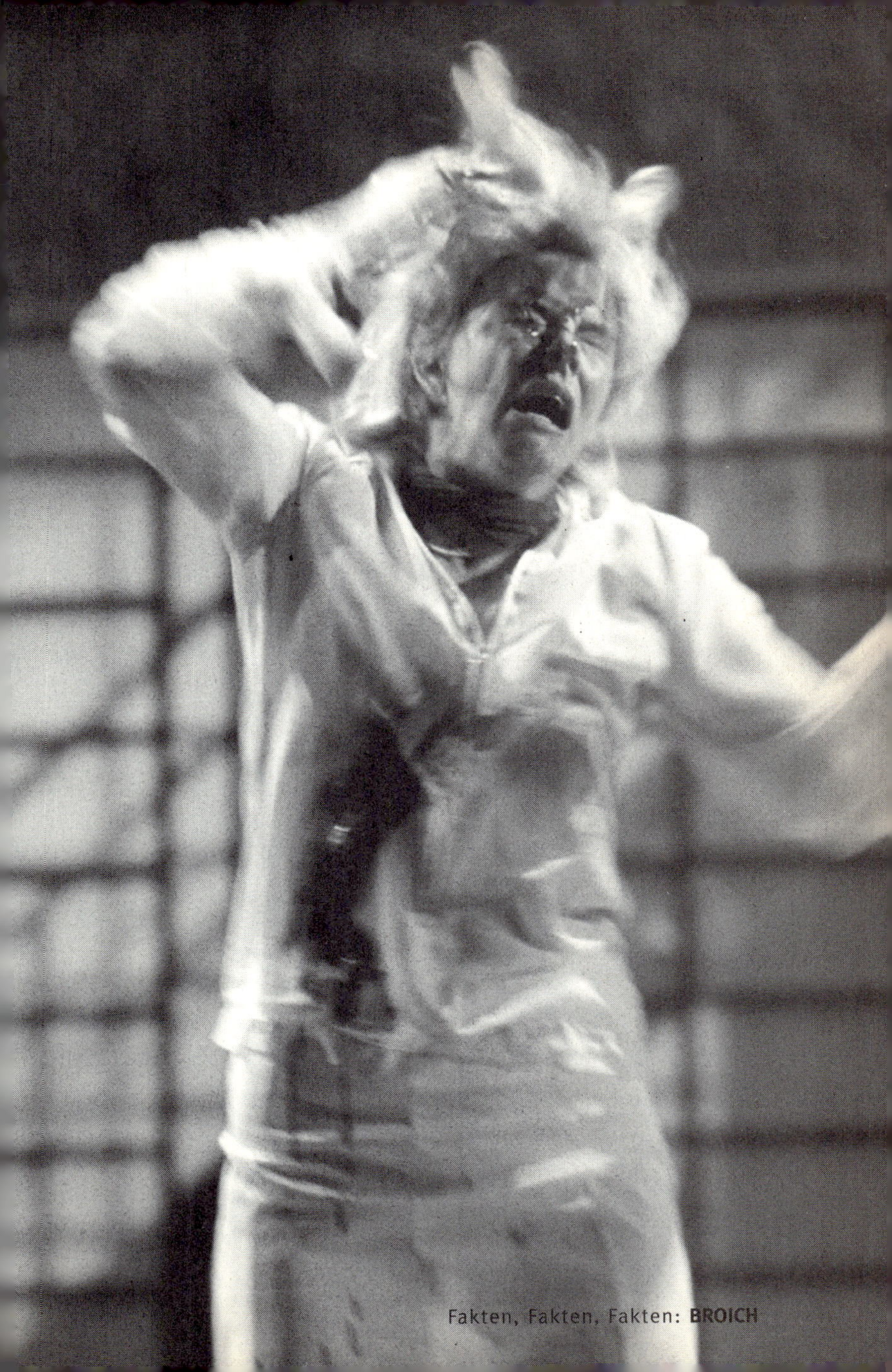
Fakten, Fakten, Fakten: **BROICH**

Die Heimat bricht aus: **BRECHT, SPENGLER, HOSEMANN**

Der Kanzler der nervösen Hand: **SCHÜTZ**

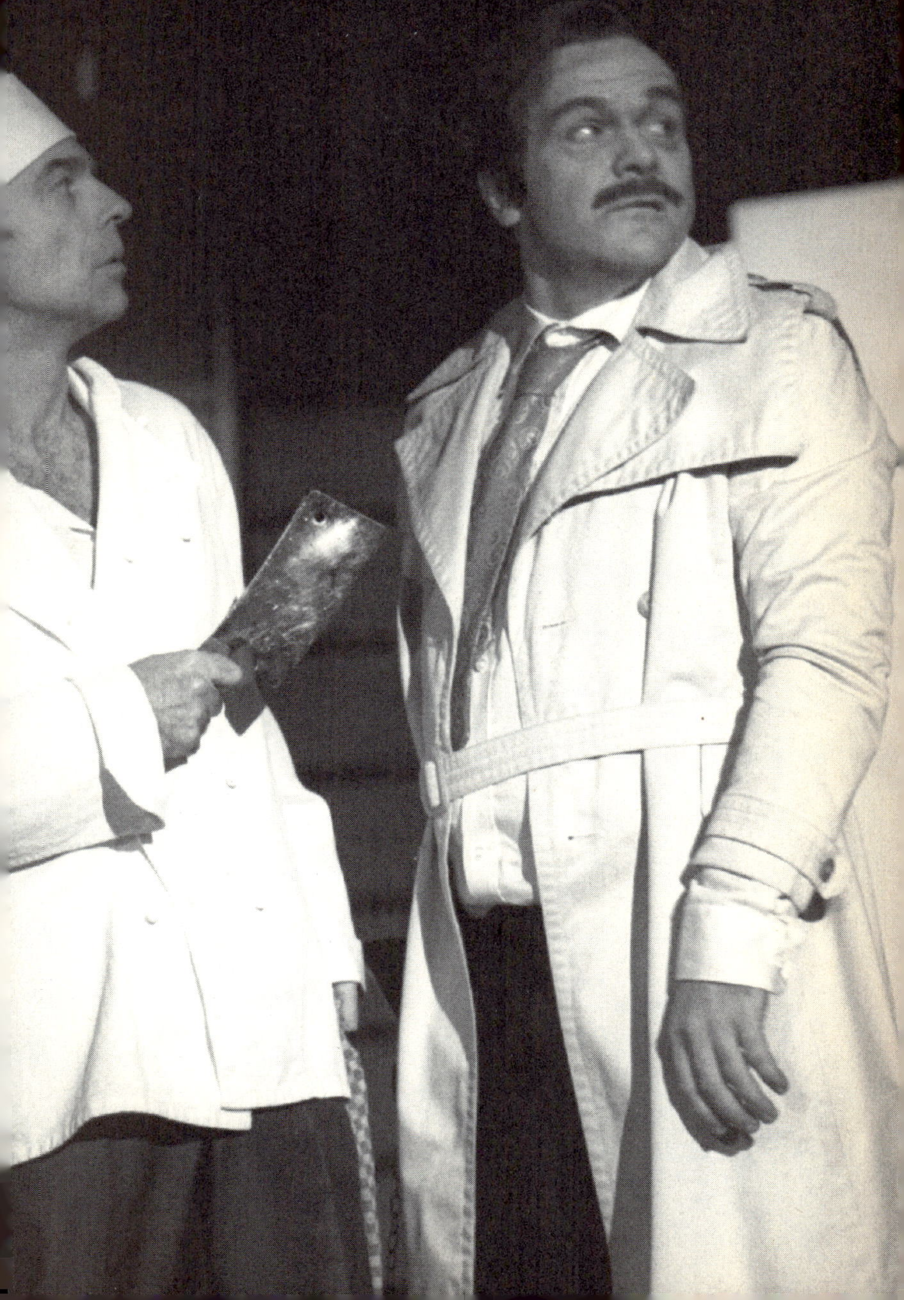

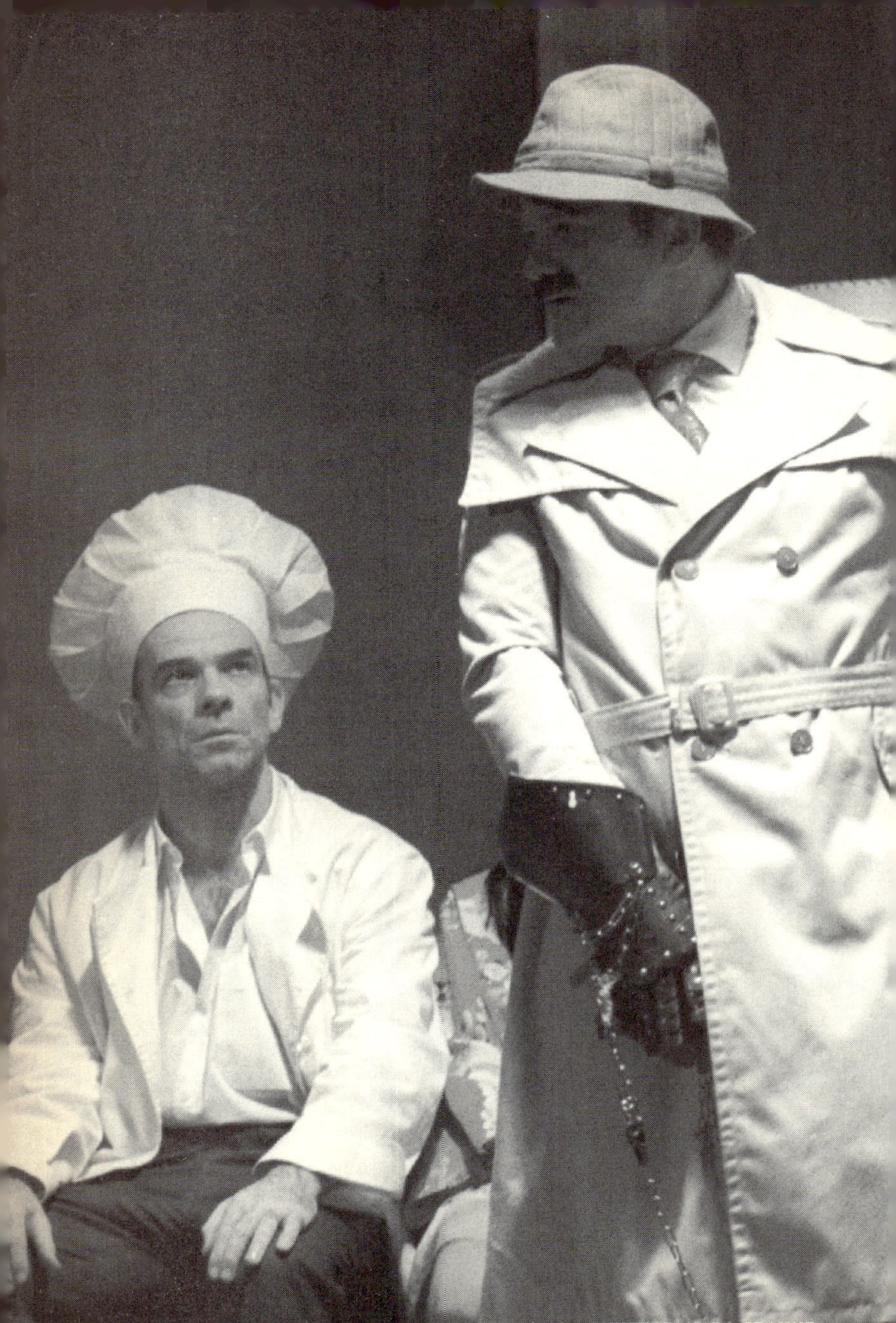

Jeder in diesem Zimmer sitzt unter Verdacht: **WUTTKE, HARA-FRANKE, SCHÜTZ, HOSEMANN, SCHANZMANN, ROIS, BRECHT**

Die Geburt des Terrorismus aus dem Geiste der Musik:
HARA-FRANKE, WUTTKE, ROIS, BRECHT

Das Layout: **SPENGLER**

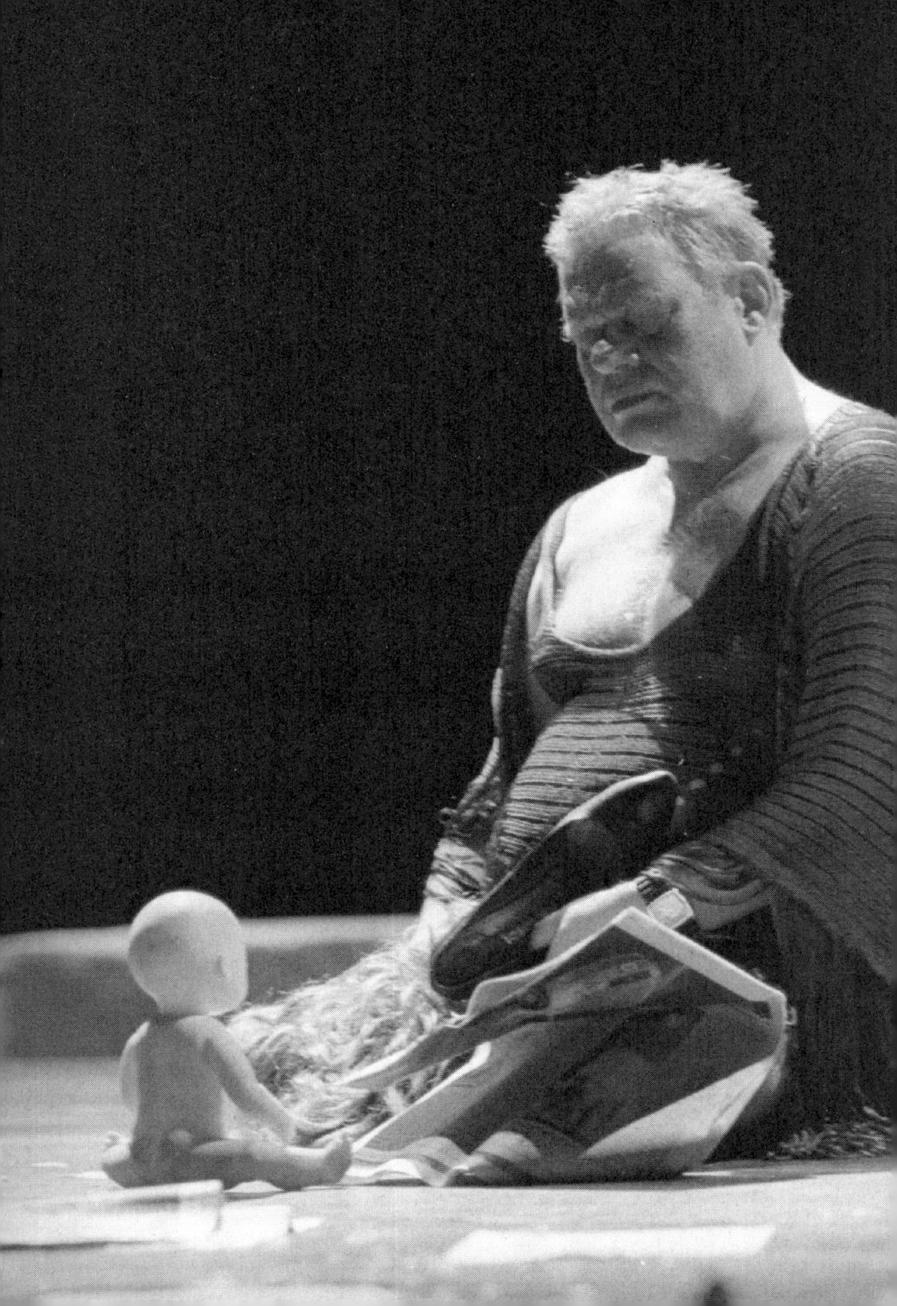

Der Klassizismus ist das Gegenstück zur politischen Tyrannei:
ROIS, WUTTKE

Schleyer war noch Cinemascope! Heute hat alles Chipgröße: **ROIS**

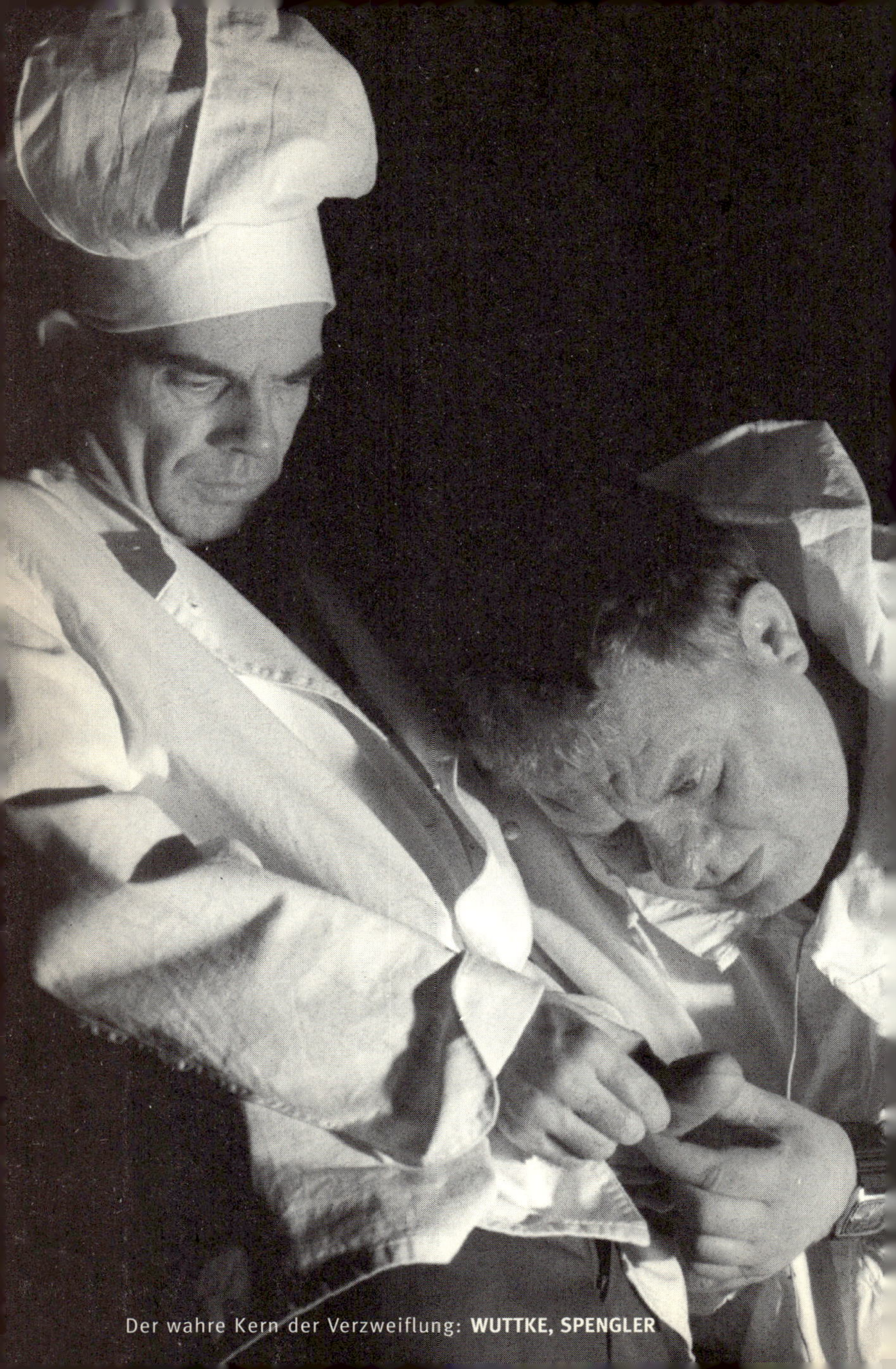

Der wahre Kern der Verzweiflung: **WUTTKE, SPENGLER**

Folgst du mir oder folge ich dir? **SPENGLER, WUTTKE**

DER TOD DER TRAGÖDIE IST DIE TRAGÖDIE

Der Gigant Charles Foster Kane betrauerte seine Kindheit, die ihm frühzeitig geraubt worden war, das Holzhaus, die Schneelandschaft, den Schlitten und das Kind. Orson Welles hat die Saga verfilmt, und Christoph Schlingensief erneuert sie auf dem Theater. »Rosebud«, uraufgeführt an der Volksbühne Berlin unter der Regie des Autors, »Rosenknospe« auf Deutsch. Das Codewort verschlüsselt den Fluch. Aber die Trauer befindet sich nun nicht mehr im Herzen des Helden, sondern ist ihm in die Hose gerutscht. Dort unten spürt er sie zwischen den Beinen und erkennt sie an der Penis-Erkrankung, die ihn befallen hat. Die Rute verholzt. Seinem Freund, der schmerzfrei und trauerlos ist, beschreibt er das Symptom vergeblich. Erst der physische Vergleich ihrer beiden Teile offenbart die Abweichung. Dem Kranken spottet das Heile, so hatte sich früher das harte Herz über das weiche erhoben, so siegte die Fühllosigkeit traditionell über die Inbrunst, und so wurde der Trauerfall auch jetzt wieder desavouiert.

Die Berliner Kritik stimmte unter dem Vorwand des guten Geschmacks für das gesunde Volksempfinden, das an sich nicht zimperlich ist. Dieter Wedels sechsteilige Serie, »Die Affaire Semmling« im ZDF, hat es jüngst bewiesen. Sie schwelgte in Fäulnis, aber war so klug, nur die Politik zu belangen. Während sich diese als das schwärende Unwesen herausstellte, strotzte unter den Bettdecken die Vitalität: »Robur sanum in corpore sano«. Damit ließ sich leben. Dagegen verstößt »Rosebud« gegen das populäre Bewusstsein. Niemand will etwas zu tun haben mit dem Morbus Schlingensief.

Das Geschöpf namens Künstler wird sich nicht darüber wundern. Es kennt die gewöhnliche Angst vor den erkrankten Gliedern und hat öfter als einmal erfahren, dass man den Verkünder der Not für den Erfinder hält. Der bürgerliche Konsens attackiert Ibsen und Hauptmann, er trifft Flaubert und Zolà, bezichtigt den jungen Goethe der Anstiftung zum Selbstmord und unterstellt dem alten Fontane, er protegiere die Unzucht. Wie hat man sich über Ingmar Bergmans »Schweigen« aufgeregt, wie virulent ist die Empörung geblieben, und wie begreiflich ist andererseits das überschnappende Melos der Schauspielerin Rois, das auf Schlingensiefs Bühne den Wutschrei »Burschua« loslässt. Die alten Fronten erklären sich neu: dem Theater gegenüber das Publikum. Die Lust auf anderes wird von der Gesellschaft als Verrat empfunden. Sie will Pflaumen vom Pflaumenbaum, aber keine Blutwurst. Der Spaßmacher soll ihr nicht mit dem Messer kommen. Am anderen Tag spiegelte die Zeitung ihre Gefühle wider. Ekel und Frustration. Denn »irgendwie habe Christoph Schlingensief sich nicht getraut«. Bestenfalls lässt man ihn als »Kabarett« gelten.

Der Vorhang ist rot. Er verkörpert das sprichwörtliche Theater. Das Proszenium ist der Schauplatz für das Vorspiel und die Zwischenspiele. Die einleitende Conférence rätselt über das Nihil. Zwei Kostüme teilen sich in den Wortlaut. Das bunte trägt den Namen Heisenberg, das schwarze lässt auf Schopenhauer schließen. Die Wechselrede ist Zitat, entlehnt bei Adorno, der sich als er selber im Finale zeigen wird.

Beim Öffnen des Vorhangs geht die Musik wie ein Gewitter nieder. Hinter der Krachwand sind Polizisten gegen Zivilisten im Einsatz. Der Terror eskaliert auf beiden Seiten, aber die Aktion spielt sich nicht im Alltag ab, sondern in Tanz und Trance nach dem rituellen Muster eines Robert Wilson. Der Realismus wird gezüchtigt. Statt als Beherrscher der Bühne erscheint er als ihr Sklave. Wäre sie Prospero, wäre er Kaliban.

Auf der kahlen Vorbühne trifft man sich wieder. Das Drama exponiert sich ibsenhaft. Die Darsteller mimen echte Figuren. Der eine heißt Kroll und kommt aus dem Reichstag, der andere trägt zum Paletot mit Pelzkragen den Namen Rosmer und ist verheiratet mit einer Margit aus der RAF-Generation. Zu dritt bilden sie die Zentrale. Sie haben es in der Hand als Zeitungsgründer oder Scheinexistenzen zu fungieren: Rosmer leibhaftig und schimärisch, Kroll real und fiktiv. Margit konkret und Margit von einem anderen Stern, falls es jemals so etwas gegeben haben sollte wie den wirklichen Ort und die wirkliche Zeit in einer wirklichen Wirklichkeit.

Der Sand rinnt nicht leichter durchs Stundenglas, als der Charakter durchs Nadelöhr geht, mal Ibsen, mal Schlingensief oder Nirwana. Die Virtuosen sind Martin Wuttke, Volker Spengler und Sophie Rois, jeder mit seinem Körper. Den kleinen im Spießer-Look, scheinbar durch und durch Kroll, aber keinesfalls mit diesem identisch, stellt Wuttke als den

Hinterbänkler dar, der die Wahlperiode überdauert, ohne jemals nach vorne zu treten. Da niemand ihn kennt, ist auch er mit sich unbekannt. Seine Gebärden greifen nach den Formeln der gestischen Sprache. Nur wenn sich Kroll an Rosmer anlehnt, gewahrt man in als Person. Am Busen des Partners wächst er zur eigenen Größe heran. In Volker Spenglers Gestalt steht ein Gott auf der Szene, Hermaphodrit, wenn auch abgewrackt, tragisch überaltert und überbaucht, inkontinent und peniskrank, klagend über seine Schließmuskelschwäche und sein schmerzendes Glied. Rosmer ist dem Tod am nächsten und daher nah bei sich selbst, schwanger mit der Erkenntnis seiner Weiblichkeit, der gealterten Frau im bejahrten Mann. Sophie Rois treibt wie ein Blatt im Wind über die Bühne, aber die Unrast – kommt von innen. Die verborgene Terroristin ätzt und wetzt. Sie wechselt die Stimmungen wie die Kostüme. Dem Ehemann spielt sie die Hausfrau und dem Sohn die Geliebte vor. Zu einem Schluss kommt sie nicht. Weder ihre parteiische Vorliebe für Grünpflanzen noch ihre lyrische Annäherung an die Dichterin Ingeborg Bachmann gleichen das Defizit aus. Ihre Sache und ihre Generation sind verloren. Auch als die Gattin des Zeitungsverlegers ist Margit die Frau ohne Schatten. Über den herrschenden Journalismus kann sie nur lachen, ihre Heroen heißen nicht Rosmer und Kroll, sondern Baader, Ensslin und Meinhoff.

Das umgebende Ensemble liefert das Spielmaterial. Neben dem Kanzler namens Gerhard (Bernhard Schütz) und dessen Frau Doris (Margarita Broich) gehören zu den selbstlosen Chargen eine graue Eminenz in den unterschiedlichen Funktionen als Kanzlerberater, Bodyguard und Kidnapper (Günter Schanzmann), ein junger Reporter mit seinem Seelenschrei nach dem Pulitzerpreis (Fabian Hinrichs), der Heisenberg als lustige Person (Werner Brecht) und die beiden Rosmer-Kinder: ein Gernot, rekordverdächtig als der größte Pornofilm-Produzent vom Prenzlauer Berg (Marc Hosemann), und eine Adoptivtochter, Susi aus Ost-Asien (Sachiko Hara-Franke), Naturkind und Sexobjekt. Zusammen verkörpern sie die gewohnte Schlingensief-Welt. Pflaumen vom Pflaumenbaum. Keiner von ihnen hätte die Berliner Kritik in Harnisch gebracht.

Ebenso unanstößig entwickelt sich die Handlung. Eines folgt aus dem anderen. Eine Sonntagszeitung wird nach dem FAZ-Vorbild gegründet und ihr zuliebe die Kanzler-Gattin entführt, um mit einem Exklusiv-

Bericht herauskommen zu können. Der Gelegenheits-Terrorismus führt genauso wie der religiös motivierte zum Verbrechen. Das Opfer wird liquidiert, die Helden erschießen sich westernmäßig, die Zeitung verkracht, Rosmer verreist zur Geschlechtsumwandlung nach Casablanca, und Margit streicht ihm zum Abschied ein letztes Butterbrot. Als verweiblichte Gottheit kehrt er auf Stöckelschuhen zurück und wird von einer ebenfalls verwandelten Szene empfangen. Nichts ist mehr, wie es war. Das Ehepaar, jetzt Frau und Frau, steht sich fremd gegenüber. Die Toten beleben das Wiedersehen. Das Kanzlergespenst, shakespearisch mit blutiger Hemdbrust, wird von der gewesenen Terroristin zum Trabanten erwählt und das Krollgespenst, heute im Rambo-Look, vermählt sich mit Frau Rosmer alias Peter. Ein Palästinenserschal und die Schlussmusik aus »Sunset Boulevard« hüllen den Abgang ein. Die Partner, die zweieinhalb Stunden zuvor bei Ibsen aufgebrochen waren, sind auf dem Weg durch ein Zitatenlabyrinth bei Schlingensief angelangt.

Den Ärger verursacht die Kunst. Niemandem ist entgangen, dass der regieführende Autor auf die Tragödie zielt. Würde er die Geschichte abrunden und die Figuren fixieren, hätte man auch ihm die Metamorphose zugute gehalten. Stattdessen begehrt er die Wiedergeburt des Theaters aus dem Müll, »Rubbish«, wie die Engländer sagen, denen Schlingensief näher steht als den deutschen Kollegen. Offenbar wollte er weder nach Rolf Hochhuths Methode eine Kolportage aus dem Zeitungsviertel dramatisieren, noch eine Paare- und Passantengeschichte auf die Bühne bringen. Er komponiert den Soundtrack nonstop aus hunderten diverser Schnipsel, klaubt den Witz aus dem Ramsch und heftet die Szenen mit Klebestreifen zusammen. Der Bourgeois verweigert dem Werk die kulturelle Anerkennung. Man vergleicht es mit einem Brechreiz und hat danach, wie in der FAZ stand, »wieder richtig Appetit auf Kunst«.

Schlingensief teilt mit seinen Kritikern den Hunger und Durst. Ohne die Begierde würde er kein Theater machen. Neu dazu kommt der radikale Realismusverzicht, der das Publikum erschüttert. Theater ohne Täuschung ist wie Religion ohne Glauben. So steht man vor einem echten Dilemma. Praktisch bleibt den Künstlern nur übrig, kindlich drauflos zu spielen. Alles ist erfunden, aber in der Einbildung wahr. Oder man behauptet in umgekehrter Richtung, alles wirke wie ausgedacht, aber sei dokumentarisch. Auf den Extremfall bezieht sich das Leitmotiv. Immer wieder donnert ein Flugzeug über die Köpfe des Publikums, die sich erinnern werden, wie gelungen ihnen damals am 11. September der Durchflug der Boing durch den Tower erschien, sofern man die Vision für ein Kunstprodukt hielt.

Zum Stichwort »Rosebud« gehört die Scheinwelt des Bürgers Kane. Der Filmregisseur Orson Welles brauchte sie nicht zu erfinden. Amerika lieferte ihm in der Gestalt des Zeitungsverlegers W. Randolph Hearst den Sonnenkönig, das Presse-Imperium und den Größenwahn. Der Herrscher über die öffentliche Meinung hatte Geld genug für sein Versailles an der Küste von Kalifornien. Noch immer besuchen Hunderttausende das Castle von San Simeon, das in schlichter Brutalität die Relation zwischen Reichtum und Märchen bezeugt. Hybris und Tragik eines Sterblichen, der von 1863 bis 1951 gelebt hat.

Der Autor von »Rosebud« pfeift auf Springer, Holtzbrinck und Gruner & Jahr und ebenso auf die alltägliche oder sonntägliche FAZ. Was kümmert ihn der erkrankte Blätterwald, was ist ihm der Anzeigenschwund, was geht ihn die Krise der Macher an? Er sympathisiert mit den Dilettanten Rosmer und Kroll. Sie glauben an das altertümliche Medium, die Zeitung, die Illustrierte, das bedruckte Papier, aber haben, wie sich herausstellt, nichts zu melden. Das Unternehmen startet kleinkariert und verpufft. Der Mief bis tief ins Parkett riecht korrekt politisch, der Kanzler sieht dem Kanzler ähnlich, und auf der Bühne dreht sich das Eigenheim, frontal japanisch und hinterrücks deutsch. Vielleicht hätte man es dem Bühnenbildner Jo Schramm zurückschicken sollen. Denn am gegebenen Schauplatz wiederholt es nur das rotierende Hausgestell der epischen Castorf-Bühne und verstellt der Schlingensief-Tragödie das Vakuum. Weder gibt es ein Königreich, noch gibt es ein Pferd. Das Schicksal hat ausgespielt.

In der leeren Freiheit greifen die Figuren zum Allheilmittel: »Nehmen Sie das, es wird Ihnen gut tun.« Die Medizin steckt im Revolver. Aber sie tötet ihr Opfer nicht wirklich. Die zuckende Körpersprache wiederholt die üblichen Phrasen. Trotzdem beharrt der Autor und Regisseur auf der Unterscheidung von Essenz und Akzidenz. Sterben alle außer mir, handelt es sich um einen Kollateralschaden im Gegensatz zu dem Totalschaden, der bei meinem Tod eintreten würde, auch wenn ihn alle anderen überleben sollten. Der originale letzte Moment wird die Person rehabilitieren. Denn jeder stirbt wie der erste Mensch für sich allein. Auf der Bühne trägt bereits der Eintritt in den Vorhof des Todes zur Entfaltung der Persönlichkeit bei. Das Memento mori ist das erkrankte Glied, und der Schmerzensmann ist der Schauspieler Spengler.

Der Nachrufer erscheint vor dem Vorhang. Wir sehen und hören Theodor W. Adorno, der gegenüber dem Nichts ein Etwas behauptet: »die Utopie«, die er positiv konnotiert. Das Wort war damals noch nicht verbraucht. Er zückt es weihevoll und spricht es mit knalliger Schärfe aus. Was heute so klingt, als würde der Intellekt sich selbst karikieren.

Sibylle Wirsing
(geschrieben im Auftrag von »Theater Heute«; wurde nicht gedruckt)

FOTONACHWEIS

Alle Fotografien von David Baltzer/Zenit,
außer Foto von Roland Koberg, Seite 28, privat.